神話・伝説のキャラクターじてん

成美堂出版

神話・伝説のキャラクターじてん　もくじ

※基本的に五十音順にならべてありますが、キャラクターを取り上げるスペースの大小や組み合わせなどにより、順番が入れかわっている場合があります。

- 神話・伝説について ……6
- この本の読み方 ……7

ア行

- アテナ ……8・9
- アスタルト ……10
- アスモデウス／アトゥム ……11
- アトラス／アルテミス ……12
- アヌビス ……13
- アフロディテ ……14
- アポロン ……15
- アマテラス ……16
- アレス ……17
- イカロス／イシス ……18
- イザナギ・イザナミ ……19
- イシュタル／ウィル・オ・ザ・ウィスプ ……20
- ウラノス／エレシュキガル ……21
- ヴァルキューレ ……22・23
- ヴァンパイア ……24・25
- ヴィシュヌ ……26・27
- ウェアウルフ ……28・29
- エクスカリバー（アーサー王）……30・31
- エルフ ……32
- エンリル／オーガ ……33
- オシリス ……34・35
- オーディン ……36・37

カ行

- ガイア ……38
- ガネーシャ ……39
- ガルダ ……40
- キュクロプス ……41

2

カ行

- キマイラ……42・43
- ギルガメシュ……44
- 麒麟（きりん）／クーフリン……45
- クラーケン……46・47
- クリシュナ……48
- ククルカン／グール……49
- グリフィン……50・51
- クールマ／クロノス……52
- ケツァルコアトル……53
- ゲブ（げぶ）／玄武（げんぶ）……54
- ケルベロス……55
- ケンタウロス……56
- ゴーレム……57
- ゴルゴン……58・59
- ゴブリン／コボルト……60

サ行

- サラマンダー……61
- サタン……62・63
- シヴァ……64
- シュウ／シルフ……65
- シグルズ／ファーブニル……66・67
- ジン……68
- 朱雀（すざく）……69
- スフィンクス……70・71
- スライム……72
- スルト……73
- スレイプニル……74
- セイレン……75
- 青龍（せいりゅう）……76・77
- ゼウス……78・79
- ゾンビ……80
- セト……81

3

タ行

- ツクヨミ……81
- ティアマト……82
- ディオニュソス／テフヌト……83
- デーモン……84
- テュポン……85
- デメテル／トト……86
- トロル……87
- ドラゴン……88・89
- トール……90・91
- ドワーフ……92
- ドリュアス……93

ナ行

- ナイトメア……93
- ナーガ／ニンフ……94
- ヌト／ネフティス……95
- ノーム……96

ハ行

- バアル……96
- パズズ／パールヴァティー……97
- バジリスク／コカトリス……98・99
- バステト／ハトホル……100
- ハデス……101
- ハヌマーン……102
- ハルピュイア……103
- ヒュドラ……104
- 白虎（びゃっこ）／プロメテウス……105
- フェニックス……106・107
- フェンリル……108
- ブラフマー……109
- フレイとフレイヤ……110
- ヘイムダル……111
- ペガサス／ヒッポカムポス……112・113

神話・伝説のキャラクターじてん　もくじ

ハ行

- フンババ／ヘパイストス……114
- ヘラ……115
- ヘラクレス……116・117
- ヘル／ベルゼブブ……118
- ペルセウス……119
- ベヒモス／ヘルメス……120
- ポセイドン……121
- ホルス……122

マ行

- マルドゥク……123
- マンティコア／ラマッス……124・125
- マンドレイク……126
- ミイラ……127
- 黙示録の獣……128・129
- ミノタウロス……130

ヤ行

- ユニコーン……131
- ヤマタノオロチ／スサノオ……132・133
- ヨルムンガンド……134

ラワ行

- ラー……135
- ロキ……136・137
- ラクシュミー／レビアタン……138
- ワイバーン／ワーム……139

- お話別さくいん……140
- 神話紹介……143

神話・伝説について

　世界にはいろいろな神話や伝説があります。現在でも、神話や伝説の中のお話をもとにしたり、登場する神、怪物などを使ったりした映画やまんが、アニメ、ゲームなどがつくられています。
　この本では、神話や伝説に出てくるおもな神々や怪物などを、すべてイラスト付きで紹介しました。
　では、現在でも親しまれている神話や伝説とはどんなものでしょうか。

神話とは

　大昔の人々は、宇宙や世界、人間や生き物のはじまり、また昼と夜、雨や風のような自然の現象を、人間には計り知れない力をもった神や怪物のしわざと考えました。それらが人々に代々言い伝えられて、物語のようになったものが神話と考えられています。
　そして、よそから来た人たちが自分たちの神話をちがう土地に伝えると、神話はまじりあい、別の場所でもよく似た物語をもつことになったといわれます。

● 143ページで、おもな神話をかんたんに説明しています。

伝説とは

　伝説は言い伝えともいわれ、ある時、ある場所で起きた事件や災害などが、おもにことばで伝えられてきたものです。神話よりも後の時代のものが多く、伝わるうちに、その土地の神や英雄、怪物の話に変化して信じられてきました。
　また、伝承は受けついで伝えていくことで、伝えられるものごとも伝承といいます。
　この本では、伝説のような物語となっていないものを伝承としています。

この本のキャラクターについて

　神話や伝説には長い歴史があり、いろいろな説がありますが、この本では神々や怪物などをまんがのようなイラストにして、わかりやすく説明しました。そのため、姿や持ち物、能力などが、他で見るものと一部異なる場合があります。

この本の読み方

神や怪物などの名前です。一般的と思われる名前を取り上げています。

【出典】は、登場する神話などを説明しています。【別名】は、神や怪物などのほかのおもなよび名です。地方や国でちがう名前や、ことばによる読み方のちがい、別の神話に取り入れられたときのよび名などがあります。
【大きさ】は、いろいろな説があったり、具体的な数字がなかったりするため、だいたいの大きさを記しています。大きさを変えることのできるものもいます。

解説文にある（ ）の中は、関連するページを示します。

道具や姿などの特徴を表すイラスト

【豆ちしき】
神話・伝説の中のエピソード、関連する他のキャラクターなど、幅広い知識を紹介しています。

アテナ

**ゼウスの娘でパルテノン神殿の主
都市アテネを守る知恵と戦いの女神**

　知恵、学芸、工芸、戦争をつかさどる女神です。もとはギリシャ先住民族の女神で、平和なときには学芸や工芸を人々に教えたといわれます。ゼウス（→ p.78）とゼウスの最初の妻メティス（思慮の女神）の子です。メティスの子に王座をうばわれるという予言をおそれたゼウスは、メティスを飲みこんでしまいました。そのためアテナはゼウスのひたいをつき破って、成長して武装した姿で生まれたといわれています。

勝利の女神ニケ
戦いのときにはニケを連れて参加し、戦士や英雄を助けます。

オリンポスの十二神とは

　ギリシャ北部のオリンポス山にすむといわれる、主神ゼウスをはじめとした12の神のことです。

- ゼウス
- 妻ヘラ（→ p.115）
- 海と大地の神ポセイドン（→ p.121）
- 知恵の女神アテナ
- 太陽神アポロン（→ p.15）
- 商業の神ヘルメス（→ p.120）
- 軍神アレス（→ p.17）
- 火の神ヘパイストス（→ p.114）
- 月の女神アルテミス（→ p.12）
- 美の女神アフロディテ（→ p.14）
- 農業の女神デメテル（→ p.86）
- 酒と演劇の神ディオニュソス（→ p.83）

　ディオニュソスの代わりに、かまどの女神ヘスティアが入ることもあります。

出典	ギリシャ神話
別名	アテネ、ミネルヴァ（ローマ神話）
大きさ	いろいろな大きさとされる。アテネのパルテノン神殿にあったという像は高さが12m。

フクロウ
フクロウは知恵の象徴とされています。

豆ちしき

都市アテネは女神アテナの名から

　アテナと海神ポセイドンが、ある都市をめぐって争いました。ポセイドンが三つまたのほこで馬（塩水の泉ともいわれる）を出すと、アテナはオリーブの木を生えさせました。神々はオリーブが都市の人のためになると判断し、アテナが都市の守護神となりました。都市の名もアテネ（アテナイ）になったと伝えられています。アテネにある遺跡パルテノン神殿は、アテナのために建てられました。

たて
見た者を石にするメドゥーサ（→ p.58）の首をつけています。

アテナは胸あてを着け、やりを持ち、勝利の女神ニケ、聖鳥であるフクロウを連れた姿でえがかれることが多いです。

アスタルト

おそろしい戦争の神でもあった
「大地母神」「神々の母」ともいわれる女神

　西アジアやエジプトなどをふくむ古代オリエントで広く知られ、もとはバビロニアで崇拝されたイナンナやイシュタル（→ p.20）という女神とされています。豊穣、愛、多産の神で、古代エジプトではアースティルティトとよばれ、戦いの神としてたてとやりで武装し、馬が引く戦車に乗った姿で表されています。古代ギリシャに伝わり、美の女神アフロディテ（→ p.14）になったともいわれています。

翼がある女神で、手には豊穣を意味する穀物を持っています。

豆ちしき

ウガリット神話とは
現在のシリア・アラブ共和国付近にあった古代都市ウガリットの遺跡で見つかった、粘土板に記された神話です。

出典　ウガリット神話、エジプト神話
別名　アシュタルテ、アースティルティト
大きさ　いろいろな大きさとされる

アスモデウス

もと天使が堕落
怒りと欲望をつかさどる悪魔

もとは位の高い天使でしたが、神にそむきサタン（→ p.62）に従ったため堕天使（悪魔）となりました。ユダヤ教の『トビト記』という文書では、サラという村娘に取りつく悪魔として登場します。取りついたアスモデウスは、サラの夫7人を次々と殺します。サラが自ら死を願うと、大天使ラファエルが現れ、アスモデウスは退治されたということです。

ゾロアスター教（古代ペルシャの宗教）の「アエシュモー・ダエーバ（怒りの悪魔）」から名がついたともいわれます。

- **出典** ユダヤ教、キリスト教
- **別名** アスモダイ
- **大きさ** いろいろな大きさとされる

アトゥム

古代エジプトの創造の神
すべてをつくり出した「宇宙神」

アトゥムには「すべて」という意味があります。エジプトの神話では、最初はヌンとよばれる海しかなく、アトゥムはヌンから生まれたとされています。アトゥムは自分の体からほかの神々を生み出しました。太陽神ラー（→ p.135）への信仰がさかんになると、両者は結びついて、アトゥム＝ラーとなりました。

世の中のすべてのものがアトゥムの体の一部でもあると考えられました。

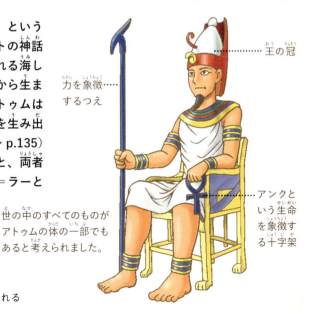

王の冠

力を象徴するつえ

アンクという生命を象徴する十字架

- **出典** エジプト神話
- **別名** アトゥム＝ラー
- **大きさ** いろいろな大きさとされる

アトラス

ティタン（巨人）族の一人で怪力の神
両肩で天を支える罰を受ける

ゼウス（→ p.78）から、永遠に天を支える罰を受けたティタン族の神です。ヘラクレス（→ p.116）が、エウリュステウス王の命令でヘスペリデスの黄金のリンゴをとりにきたとき、アトラスはヘラクレスに天をかつがせて、代わりに自分でリンゴをとってきました。さらに罰からのがれようと「リンゴは自分が王にとどけよう」と申し出ますが、アトラスの作戦に気づいたヘラクレスは「少しの間天をもっていてほしい」と言い、天をかえすとリンゴを持って立ち去りました。

17世紀のヨーロッパの地図帳にアトラスの姿がえがかれてから、地図帳や地図を「アトラス」とよぶようになりました。

出典 ギリシャ神話
別名 なし
大きさ 天を支えるほどの大きさ

アルテミス

ギリシャ神話の狩猟と月の女神
ゼウスと女神レトの娘

若くて美しく、気性のはげしい女神です。狩りを好み、弓矢を持つ姿でえがかれます。自分に仕えるオリオンを愛していましたが、ねたんだ双子のアポロン（→ p.15）にだまされ、海から出たオリオンの頭を岩と思いこみ、矢で射ってしまいます。オリオンは死んでしまいましたが、アルテミスはゼウス（→ p.78）に頼んで、星座にしてもらいました。月（アルテミス）がオリオン座のすぐそばを通るのはこのためといわれています。

アルテミスは鹿の守護神でもあり、鹿が聖獣です。また、神殿には鹿がささげられました。

出典 ギリシャ神話
別名 ディアナ（ローマ神話）
大きさ 人間と同じことが多い

アヌビス

**ジャッカルの頭に人間の体をもつ
ミイラをつくり、葬儀をつかさどる死者の神**

頭がジャッカル、または犬の姿でえがかれます。

古代エジプトの死者の神、または墓地の神とみなされていました。神話では死後の世界の王オシリス（→ p.34）とネフティス（→ p.95）の子で、死後の世界への門を開き、死者をオシリスの裁きの部屋に導く役割でした。セト（→ p.81）に殺され、ばらばらにされたオシリスの体に布を巻いてミイラにしたことから、以後は葬儀をつかさどるようになりました。医学の守護神ともいわれています。

豆ちしき

アヌビスとヘルメス
ギリシャ神話では、死後の世界に死者を導くヘルメス（→ p.120）と同じ神とされ「ヘルマヌビス」ともよばれました。

出典 エジプト神話
別名 インプ、ヘルマヌビス（ヘルメスとの合体神の名前）
大きさ いろいろな大きさとされる

アフロディテ

ギリシャ神話の美と愛と豊穣の女神
トロイ戦争のきっかけをつくる

恋多き女神で、たくさんの神々と恋をして子どもを生みました。気が強く、ゼウス（→p.78）の妻の女神ヘラ（→p.115）やアテナ（→p.8）と美しさを競ったことが、ギリシャとトロイの戦争のきっかけになったといわれています。美と愛のほかに、航海、春のめぐみ、大地の収穫、戦争などの女神でもありました。ローマ神話では、もとは菜園の女神であったヴィーナスと結びつけられました。西洋美術では、多くの絵画や彫刻の題材となりました。

豆ちしき

アフロディテの誕生
あわから生まれたといわれ、その後、ゼウスの養女になりました。ゼウスと大地の女神ディオネとのあいだに生まれたともいわれています。

恋愛の神エロス（ローマ神話のキューピッド）は、アフロディテの子どもといわれます。

出典 ギリシャ神話
別名 ヴィーナス（ローマ神話）
大きさ 人間と同じことが多い

アポロン

ゼウスと女神レトの子
ギリシャ神話の重要な神の一人

予言と弓と音楽をつかさどる神で、アルテミス（→ p.12）とは双子です。のちに太陽神とも考えられるようになりました。永遠の若さをもち、豊かな芸術的才能と、すぐれた予言力がありました。また、美しい肉体をもち、競技者としても飛びぬけていたことから、古代ギリシャでは絶大な人気をほこりました。しかし、人を病気にしたり、負けた相手を打ちのめしたり、気まぐれな性格ももちあわせていました。

出典	ギリシャ神話
別名	アポロ（ローマ神話）
大きさ	人間と同じことが多い

弓と音楽の神のため、多くは弓と矢、楽器を持ってえがかれます。

ア〜オ

豆ちしき

難産の末に生まれた

母親レトがアポロンを生むときに、嫉妬したゼウスの妻ヘラ（→ p.115）は、安産の神エイレイテュイアをかくしてしまいました。そのためレトは難産で苦しんだ末にアポロンを生みました。

アマテラス

日本神話の最高の神で世界を明るく照らす太陽神

父イザナギ（→ p.19）の左目から生まれたアマテラスは、父から神々のくらす高天原を治めるようにいわれ最高神となりました。太陽神でもあるアマテラスには、『天岩戸』という神話があります。高天原で乱暴をはたらく弟の神スサノオ（→ p.133）におびえたアマテラスは、天岩戸という洞くつに閉じこもります。すると世界はまっくらやみになりました。困った神々が、なんとかアマテラスを外へ出すと、世界に光がもどったということです。

神々が天岩戸からアマテラスをさそい出すときには、夜明けとともに元気よく鳴くニワトリの鳴き声も使ったといわれます。

豆ちしき

皆既日食をたとえた
天岩戸の神話は、太陽が月にかくれる皆既日食のようすを表しているともいわれています。

出典	日本神話（『古事記』『日本書紀』）
別名	正式名は天照大神、天照大御神
大きさ	人間と同じことが多い

アレス

**血にまみれた戦争の神
らんぼうな性格で神々からもきらわれた**

古代ギリシャの最高神ゼウス（→p.78）と妻ヘラ（→p.115）の息子で、オリンポスの十二神（→p.8）の一人。つねに戦いのことしか頭になく、性格は攻撃的でらんぼうでした。計画性がないので戦いにも何度も失敗しましたが、それでも戦いを好みつづけました。また、関係のない戦いにも割りこんでくるため、アテナ（→p.8）に武器を取り上げられることもしばしばありました。

戦いには、美の女神アフロディテ（→p.14）とのあいだにできた双子、敗走の神ホボスと恐怖の神デイモスを連れていました。

豆ちしき

アレスとマルス

アレスは、ローマ神話では以前から信仰されていた軍神マルスと結びつき、勇かんな戦士として尊敬されました。マルスは赤い星・火星とも見なされ、火星はマルスの英語読み「マーズ」とよばれています。

出典 ギリシャ神話
別名 マルス（ローマ神話）
大きさ 人間と同じことが多い

イカロス

父ダイダロスのつくった翼で飛翔
クレタ島から脱出するも海へ墜落

天才発明家ダイダロスの息子。ダイダロスがクレタ島の王女アリアドネに教えた方法で、テセウスが迷宮から脱出（→ p.130）したため、おこったミノス王は、ダイダロスとイカロスを迷宮に閉じこめました。ダイダロスは二人分の翼をつくると、それをつけて飛び、イカロスとともにクレタ島を脱出しました。ところがイカロスは父の忠告を忘れて高く飛んだため、太陽の熱で翼をつけていたろうが溶けて、海に落ちて死んでしまいました。

イカロスが落ちた海は、イカリア（イカロス）海とよばれるようになりました。

出典	ギリシャ神話
別名	なし
大きさ	人間

イシス

死者を守りよみがえらせる
愛、母性、子どもを守る女神

エジプト九柱神の一人。オシリス（→ p.34）の妹であり妻で、オシリスとともにエジプトを治めました。オシリスが弟のセト（→ p.81）に殺されたときには、呪術の力でよみがえらせ、その後オシリスの息子ホルス（→ p.122）を生みました。母性の象徴としての姿や特徴はハトホル（→ p.100）から受けついでいるといわれています。一方で、ホルスを王にするために悪知恵をはたらかせる策略家でもありました。

頭の王のいす（玉座）は、オシリスの力を表すといいます。

翼は死者を守る女神であることを表しているといいます。

出典	エジプト神話
別名	アセト
大きさ	いろいろな大きさとされる

イザナギ・イザナミ

日本初の男女の神
二人で日本の国土と神々を生む

　男神イザナギと女神イザナミは、日本の神話に初めて登場する性別のはっきりした神です。二人は天の神の命令で日本をつくります。天にかかる橋の上から、ほこを海の中に入れてぐるぐるとかき回して引き上げると、ほこの先から海水がぽたぽたと落ちてオノゴロ島（淡路島の近くといわれる）ができました。二人はその島で結婚し、淡路島、四国、九州などを次々と生み出しました。その後、海の神、山の神、野の神など自然の神々も生み出しました。

イザナミが生んだ火の神

　イザナギとともにさまざまな神々を生み出したイザナミが、最後に生んだのが火の神カグツチでした。火の神の出産でイザナミは大やけどを負い亡くなってしまいました。

出典　日本神話（『古事記』『日本書紀』）
別名　正式名イザナギ→伊邪那岐、伊邪那岐命、
　　　　イザナミ→伊邪那美、伊邪那美命
大きさ　人間と同じことが多い

　イザナギが顔を洗うと、最初に左目からアマテラス（→ p.16）が生まれました。つぎに右目からは弟の神ツクヨミ（→ p.81）が、さらに鼻からスサノオ（→ p.133）が生まれました。

イザナミ　イザナギ

ほこ（天沼矛）

イシュタル

天界（宇宙）をつかさどる女神
母なる大地の神でもある

シュメール人の神話では、月神ナンナルから金星神イナンナが生まれました。それがアッカド人のもとで名前を変えてイシュタルとなりました。イシュタルは、豊穣、愛、多産、そして戦争もつかさどっていました。また、ギリシャ神話のアフロディテ（→ p.14）につながる神です。シュメール人は、くさび形文字を考案し、メソポタミア地方で最初の都市国家をつくりました。シュメール人を征服したのがアッカド人でした。

あまり姿は定まっていませんが、翼をもち、鳥のような足にえがかれることもあります。

出典	メソポタミア神話
別名	イナンナ
大きさ	いろいろな大きさとされる

ウィル・オ・ザ・ウィスプ

不思議な火の玉
世界各地の民話や伝説に登場

青白色や黄色、朱色などに光って空中に浮かぶ、火の玉のようなもの。北アメリカではゴーストライト（幽霊の光）、ラテン語ではイグニス・ファトウス（道化の炎）、アイルランドやイングランドでは沼地に現れる「ランタンを持った男」とよばれ、人をまどわすといわれます。日本では人魂、鬼火などです。森や湿地の地中から出たガスが、化学反応で発火したものともいわれています。

色、形、大きさはさまざまです。

出典	各地の伝説
別名	ゴーストライト、イグニス・ファトウス、ランタンを持った男（ジャック・オー・ランタン）、人魂、鬼火
大きさ	いろいろな大きさがある

ウラノス

ギリシャの原初の神の一人
天空をつかさどる神

ウラノスは、ギリシャの原初の女神であるガイア（→ p.38）から生まれた天空の神です。そのガイアとウラノスのあいだには、ティタン（巨人）族の神々がたくさん生まれました。ところが、ウラノスはその子らをきらって、大地の奥底（タルタロス）へ閉じこめようとします。これにおこったのが、いちばん下の息子のクロノス（→ p.52）です。クロノスは、ウラノスの男性器を切り落とすと、天空から追放してしまいました。

ウラノスの血からは神々や木の精霊が、海に落ちたときのあわからはアフロディテ（→ p.14）が生まれたといわれています。

出典 ギリシャ神話
別名 ウラヌス
大きさ 山のような大きさ

エレシュキガル

メソポタミアの冥界の女王
イシュタルの姉

姉エレシュキガルは「死」、妹イシュタル（→ p.15）は「生」という反対のことをつかさどり、姉妹は対立していました。あるとき、冥界（死の国）へやってきたイシュタルに、女王エレシュキガルは呪いをかけて病気にしてしまいました。すると地上では生き物が生まれなくなり大混乱となりました。知恵の女神エアが使者を送り、エレシュキガルを説得したので、イシュタルは回復し、地上はもとにもどったといわれています。

出典 メソポタミア神話
別名 アラトゥ、イルカルラ
大きさ いろいろな大きさとされる

もとは天上の神であったネルガルの妻となり、冥界の王となったネルガルに権力をゆずったといわれます。

ヴァルキューレ

最高神オーディンに仕える女神たち
戦場で死んだ戦士を天上へ運ぶ

　北欧神話の最高神オーディン（→ p.36）に仕える戦士の女神たちです。馬に乗り、戦死した戦士たちを天上の館ヴァルハラへ運ぶ役目をもっています。多くの戦死者の中から、ヴァルハラへ連れていくべき勇かんな戦士を選びます。もとは死をもたらす残虐な魔女でしたが、時代が下ると戦士たちの守護神となり、愛と豊穣と命もつかさどる役目へと変わりました。名前には「戦死者を選ぶ」という意味があります。

出典	北欧神話
別名	ヴァルキュリア、ヴァルキューリ、ワルキューレ（言語によるちがい）
大きさ	人間と同じことが多い

やり ……………………

ヴァルキューレは、やりやたてなどで武装をして馬に乗った姿でえがかれることが多いです。戦死した戦士を馬に乗せて、ヴァルハラへ連れていきます。

剣 ……………………

ヴァルハラとは？

神々の世界（→ p.36）にある戦死者の館です。戦場で死んで、選ばれた戦士たちだけが入ることが許されました。霜の巨人族との戦い（→ p.136）に備えて訓練をし、夜は宴会が開かれました。ここにきた戦士の傷は一晩で治ります。

翼(つばさ)のついたかぶと

たて

ア〜オ

豆ちしき

オーディンへの忠誠(ちゅうせい)

　最高神(さいこうしん)オーディンの命令(めいれい)は絶対(ぜったい)でした。ドイツの叙事詩(じょじし)『ニーベルンゲンの歌(うた)』に登場(とうじょう)するブリュンヒルドという名のヴァルキューレは、オーディンに背(そむ)いたため、目覚(めざ)めさせてくれる人(ひと)が現(あらわ)れるまで「炎(ほのお)の壁(かべ)」に閉(と)じこめられました。

ヴァンパイア

人間の血を吸ってよみがえる死体
伝説や小説に登場する人間の姿をした魔物

　ヴァンパイアは英語で吸血鬼のことです。ヴァンパイアに似た話は古代からあり、とくに東ヨーロッパの国々でたくさんの伝説が生まれました。現在ではヴァンパイアのイメージは次のようになりました。一度死んだ人間が、何らかの理由で不死のヴァンパイアとして生き返ります。夜になると、新鮮な血を求めて人間をおそい、血を吸われて死んだ人間もヴァンパイアになります。コウモリに変身することもあります。

出　典 世界各地の伝説、小説、映画
別　名 ヴァンピール、日本語では吸血鬼
大きさ 人間と同じ

ドラキュラは伯爵の名前

　ルーマニア・トランシルバニア地方の伝承をもとにした小説『吸血鬼ドラキュラ』（ブラム・ストーカー作、1897年）にはドラキュラ伯爵というヴァンパイアが登場します。この作品が人気となり、ヴァンパイアといえばドラキュラというようになりました。

　ヴァンパイアの多くが紳士のようにえがかれるのは、「ドラキュラ」を主人公にした映画が大ヒットしたためです。映画の中の紳士のイメージが広まり定着しました。

ヴァンパイアの特徴

　小説では、ヴァンパイアは鏡に姿が映らないとされました。また、教会や寺院に近づかない、死体でもくさらないなどといわれます。性別に関係なくヴァンパイアになります。

……………… 口にはきばが
あります。

豆ちしき
退治する方法
ヴァンパイアが恐れるものはニンニク、太陽の光、マスタードの粒、十字架、聖水など。退治するには、ねむっている間に、胸にトネリコやサンザシ、カシなどの木のくいを打つ、首を切り落とす、焼くなどが有効といわれています。

豆ちしき
死体をヴァンパイアにさせない方法
墓に死体を逆さまに埋める。死体のひざのけんを切る。墓の地面にケシの実、キビ、砂などを置く（つぶを数えさせ、ヴァンパイアになる時間をなくす）など。また、ヴァンパイアの墓の地面にポプラの木のくいを打つと、起き上がれなくなると信じられていました。

ヴィシュヌ

ヒンドゥー教の三大神の一人
太陽の神でさまざまな姿に変身する

　善と世界を維持する神。4本の手に、それぞれチャクラ（円盤のような武器）、こん棒、ホラ貝、ハスの花を持ち、多くは神鳥ガルダ（→ p.40）に乗った姿で表されます。太陽の光を神の姿にしたとされ、太陽神となりました。太陽のめぐみである自然の豊かさや生命もヴィシュヌによるものとされます。さまざまな能力をもった化身に姿を変えることができ、世界が危機をむかえると、化身となり救いの手を差しのべるといわれています。

出典	ヒンドゥー教神話
別名	化身により名が変わる
大きさ	いろいろな大きさになる

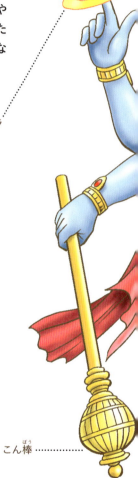

チャクラ

こん棒

豆ちしき

三大神のメンバー

　ヒンドゥー教の三大神（トリムールティ）は、創造神のブラフマー（→ p.109）、善と世界を維持する神のヴィシュヌ、破壊と再生の神のシヴァ（→ p.64）です。三大神が一体となり世界を維持するといわれています。

ブラフマー

シヴァ

クジャクの羽のもようは、位の高さなどを表します。

ホラ貝

ハスの花

ヴィシュヌは、ラクシュミー（→ p.138）をともなってガルダに乗る姿でえがかれることもあります。

ア〜オ

豆ちしき

ヴィシュヌの 10 の化身

ヴィシュヌはラクシュミーを妻とし、化身のうちでは 10 のものが知られています。

- イノシシ
- ライオンの頭をもつ神ナラシンハ
- クールマ（→ p.52）
- こびと
- 魚
- 伝説の王ラーマ
- 神話の英雄パラシュラーマ
- クリシュナ（→ p.48）
- 仏陀
- 救世者カルキ

27

ウェアウルフ

満月や新月の夜に変身する狼人間
かまれた人間も狼人間になる

　ウェアウルフは、人間が狼に変身した狼人間のことで、性別に関係なく変身します。昼は人間で、変身するのは満月や新月の夜です。血や肉を求めて人や家畜をおそいました。昔からヨーロッパでは、人間の中にはいくつかの動物の分身がいて、ねむっていたり、意識がもうろうとしていたりするときに、それらが現れることがあると信じられていました。このような伝承が変化し、狼人間として伝わったのかもしれません。

出典 ヨーロッパやアジアの伝説、ゲルヴァシウスの書物

別名 ライカンスロープ（古代ギリシャ語）、ウルフマン、ヴェアヴォルフ

大きさ 人間と同じ

手足のつめがするどくなります。

特殊な生まれ方をしたり、禁じられた肉を食べたり、呪いや魔法にかけられたりして狼人間になると考えられました。

顔が狼のように変わります。

人間にもどる方法

　伝承や古い書物では、衣服を身につけること（変身後は裸なので）、出会った人に「狼人間だ」と指摘されること、体をきずつけられ血が流れることなどの方法があります。小説や映画では、気を失ったり、朝になったりして、気がつくともどっていることが多いようです。

尾がのびて、体が狼の毛でおおわれます。服は残ることもあります。

退治する方法

　ウェアウルフを退治するためには、狩人の守護聖人で、狂犬病をしずめるという聖人フベルトゥスをまつる祭壇に、銀の弾丸をささげて祈ります。この儀式が、小説や映画では銀の弾丸で狼人間をうち殺すことに変わり、その方法が広まったといわれます。

ア〜オ

29

エクスカリバー（アーサー王）

**伝説の英雄アーサー王のもつ剣
魔法の剣で怪物や巨人を打ち破る**

　エクスカリバーは、魔法の力をもつ伝説の剣です。5、6世紀ごろの伝説的な英雄で、ブリテン（現在のイングランドの一部）の王であったアーサーは、エクスカリバーで怪物や巨人たちをたおし、周辺の国々からの侵略者を打ち破って近隣を統一しました。エクスカリバーを手に入れたのは、アーサーが15歳のときといわれています。

出典	ケルト神話、小説
別名	カリバーン
大きさ	ふつうの剣とあまりかわらない

エクスカリバー

豆ちしき

アーサー王伝説の誕生

　アーサー王の伝説ができたのは5〜6世紀ともいわれています。アーサー王は、もともとは実在した人物でしたが、一人の人物に神話の中の神がもつ力などがつけ加えられ、小説などでも語られた結果、現在に伝わる姿になったと考えられます。

　王を選ぶために集まった教会の前に、岩にささった剣があり、剣の柄には「この剣をぬいた者が王である」と刻まれていました。だれもがぬけないなか、15歳のアーサーはいともかんたんに引きぬいてしまいました。

豆ちしき

円卓の騎士と聖杯伝説

　円卓の騎士は、アーサー王の部下である騎士たちのことです。アーサー王は、地位の上下のないように、騎士たちを円卓（円いテーブル）に着かせたことから、こうよばれました。おもな騎士にランスロット、ガラハッドなどがいます。円卓の騎士たちは、キリストが流した血を受けたといわれる「聖杯」を探して、各地を旅して弱い者を助けたといい、それが聖杯伝説となりました。

アーオ

豆ちしき
聖剣はゲームなどにも登場
各地の伝説や神話、また小説や映画、テレビゲームなどにも、最上位の攻撃力をもった聖なる剣や魔法の剣が登場します。エクスカリバーのように岩や地面につきささっていることが多く、勇者のみが使える剣だったり、逆に剣をもつことで勇者になったりします。

豆ちしき
湖から現れたともいわれる
エクスカリバーは、湖面に立つ湖の精からアーサー王に手わたされたという説もあります。諸国を平定した後、死が近づいたアーサー王は、部下に湖へ剣をもどすように命じます。すると湖から手が現れ、エクスカリバーを受けとり水中へしずんでいったといいます。

アーサー

エルフ

自然の中にくらす妖精
人間以上の知力や器用さをもつ

　ヨーロッパの北部や西部の神話や民間の伝承などに登場する、自然の中の妖精の種族です。名前には「白いもの」という意味があります。若く美しい人間の姿をしていて、ふだんは目に見えない形で人間社会で暮らしています。不死ですがけがなどで死ぬこともあるといわれます。人間を助けたり、反対に病気を引き起こしたりすることもありますが、その性質は地域や時代で大きく異なります。

出典 北欧神話、ゲルマン神話、ケルト神話
別名 なし
大きさ こびとから人間と同じくらいまで

豆ちしき

いろいろなエルフ
物語や、映画、アニメ、ゲームなどに登場して、日本でもよく知られるようになりました。多くの作品に登場しますが、外見や性質は作品によりちがっています。

森や草原にすむもの、家の中にすむもの、地下や洞くつにすむものなどがいるとされています。

エンリル

古代メソポタミアの最高神の一人
大地と大気・嵐の神

父親は天空の神アヌ、母親は大地の神キです。大気の神エンリルが生まれると天と地が分かれ、現在の世界になったといいます。また、エンリルとキは人間を生み出しました。エンリルは人間たちに「つるはし」をあたえて、自分をまつる都市ニップールをつくらせ、そこで神々の長となりました。女神ニンリルとのあいだには、月の女神ナンナルなどが生まれています。

天空の神アヌ、水の神エア、大地の神エンリルが最高神です。エンリルは大気・嵐の神でもありました。

- **出典** メソポタミア神話
- **別名** ベル（主という意味）
- **大きさ** いろいろな大きさとされる

オーガ

人を食べる鬼
人間の姿をした凶暴な巨人

古くからヨーロッパの民話や伝承などに登場する、人間を食べる怪物「人食い鬼」の種族です。性格はとても凶暴で残忍、知性のかけらもありませんが、小心者という一面もあります。多くは人間のような姿をしており、ぼうぼうの体毛とひげをもつ怪力の巨人としても表されます。シャルル・ペローの小説『長靴をはいた猫』で、人食い鬼の名前として使われて、広く知られるようになりました。

童話などには、体力や腕力でおとる主人公が、知恵をはたらかせてオーガを退治するという話が多くあります。

- **出典** ヨーロッパの民間伝承、童話など
- **別名** オーグル、オグレ
- **大きさ** 人間よりはるかに大きい

33

オシリス

古代エジプトで崇拝された重要な神
豊穣の神、死と復活の神

　父・大地の神ゲブ（→ p.54）と母・天の神ヌト（→ p.95）の息子で、エジプト九柱神の一人。おだやかで戦いを好まず、人間たちの幸福を願う豊穣の神として、人々にあつく信仰されていましたが、それをねたんだ弟のセト（→ p.81）に殺され、体をバラバラにされてしまいます。しかし、妻のイシス（→ p.18）や妹のネフティス（→ p.95）が遺体を発見し、オシリスは復活。その後、オシリスは地下に下り、死者を裁く冥界（死者の国）の王となりました。

出典 エジプト神話
別名 ウシル（力強いものを意味する「ウスィル」が語源といわれている）
大きさ いろいろな大きさとされる

豊かな実りを表すさお

エジプト九柱神とは？

　九柱神（九柱の神々）は、古代エジプト最古の都市の1つ、ヘリオポリスで信仰されていた神々です。

- アトゥム（→ p.11）
- テフヌト（→ p.83）
- ヌト
- イシス
- セト
- ネフティス
- シュウ（→ p.65）
- ゲブ
- オシリス

アトゥム

　アトゥムの体液からシュウ、つばからテフヌトが生まれ、その二人からヌトとゲブが生まれました。ヌトとゲブはオシリス、セト、イシス、ネフティスを生みました。合わせて「九柱の神々」といいます。

……… 王のかぶる冠

……… 王の力を表すつえ

……… バラバラにされた体を布で巻いて
ミイラとなり復活しました。

エジプトには死後の世界で復活し永遠の命を得るという考え方があり、ミイラづくりへとつながりました。死後の世界で永遠の命を得られるかどうかを、冥界の王オシリスが裁きます。

ア〜オ

オシリスの信仰が広まる

イシスたちがオシリスの遺体を発見したあと、その遺体をセトがまた盗み出し、復活できないようにバラバラにしてエジプト各地にすててしまいました。しかし、イシスはあきらめず、遺体の断片を探し歩いて全部を見つけ出します。オシリスの断片が発見されたすべての場所では葬儀が行われ、墓や神殿が建てられたということです。

復活の条件

じっさいに遺体をミイラにするときは、内臓も1つずつ、ていねいにつぼに入れて埋葬されました。死後の世界で復活して永遠の命を得るには、体のすべての部分がそろっていなければならないと信じられていたからです。

オーディン

北欧神話の神々の頂点に立つ最高神
世界の創造主で万能の力をもつ

　知恵と魔法、詩人、戦争と死の神で、名前には「怒り」という意味があります。オーディンは二人の兄弟（ヴィリとヴェー）とともに、原初の巨人ユミルを殺し、その体から世界をつくりました。オーディンは戦いの神として、勇かんな戦士たちを自在にあやつり戦わせました。戦士たちが名誉の戦死をとげると、ヴァルキューレ（→ p.22）を使って、神々の世界にあるヴァルハラ（戦死者の館）へよびよせました。

出典	北欧神話
別名	ウォータン、ラヴナグズ ほか
大きさ	決まっていない

豆ちしき

世界を支える「ユグドラシル」

　北欧神話では、すべての世界は「世界樹」ともよばれる「ユグドラシル」という巨大な木が支えていると考えられています。

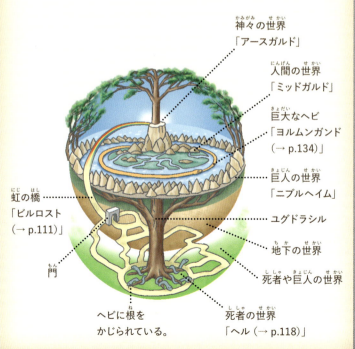

- 神々の世界「アースガルド」
- 人間の世界「ミッドガルド」
- 巨大なヘビ「ヨルムンガンド（→ p.134）」
- 巨人の世界「ニブルヘイム」
- ユグドラシル
- 地下の世界
- 死者や巨人の世界
- 死者の世界「ヘル（→ p.118）」
- 虹の橋「ビルロスト（→ p.111）」
- 門
- ヘビに根をかじられている。

グングニルとよばれる、ねらったところへ必ず当たるやり

豆ちしき

目と知恵を交換
世界のすべてを知り、理解しようとしたオーディンは、絶対的な知恵をさずかるという「ミミルの水」を飲みました。知恵と引きかえに、巨人ミミルに片方の目を差し出しました。

ア〜オ

フギン（思考）とムニン（記憶）という名の2羽のワタリガラスに世界中を偵察させていました。

ドラウプニルという、自然に増える黄金の腕輪

ゲリとフレキ（どちらも「むさぼる」という意味）という名の、2頭の狼を従えていました。

37

ガイア

ギリシャ神話で最初に生まれた神
名前は大地、土、地球を意味する

世界ができる前は、形がなくすべてが入りまじっていました。そこに最初に生まれたのがガイアです。いっしょに、牢獄の神タルタロス、夜の神ニュクス、暗黒の神エレボス、愛と出産の神エロスも生まれました。また、ガイアからは、天であるウラノス（→ p.21）、海のポントス、山々が生まれ、これらの神々によって世界がつくられ始めます。さらにガイアとウラノスはティタン（巨人）族や怪物たちを生み出しました。

豆ちしき

ゼウスへの系統

ガイアとウラノスのあいだに生まれたティタン（巨人）族には、最高神ゼウス（→ p.78）の父にあたるクロノス（→ p.52）がいます。

出 典 ギリシャ神話
別 名 ゲー
大きさ 地球ぐらいの大きさ

さまざまなものを生み出したことから、母神のイメージでえがかれることがあります。また、地球をガイアにたとえることもあります。

ガネーシャ

ゾウの頭に人間の体でおなかのつき出た姿
陽気でおだやかな性格の神

女神パールヴァティー（→ p.97）は自分の足のあかと軟膏でガネーシャをつくり、門番としてはたらかせていました。あるときシヴァ（→ p.64）が、妻パールヴァティーの子と知らずに、首をはねて死なせてしまいました。シヴァはしかたなくゾウの頭を切り落としてくっつけ、生き返らせました。生き返ったガネーシャは入り口を守る神として、また、あらゆる事業やものごとの始まりを見守る神として信仰されるようになりました。

出典　ヒンドゥー教神話
別名　ガナパティ
大きさ　いろいろな大きさとされる

商人や学生の守り神

ガネーシャは商人の神、また学問の神として人気があります。インドでは多くの商店の入り口に像が置かれ、出版される書物の最初のページにはガネーシャへの賛辞が記されています。

- おの
- 頭はゾウ
- ハスの花
- おかし
- 豊かさを表すおなか
- 知恵の水の入ったつぼ

ガルダ

光りかがやく巨大な鳥の神
ヴィシュヌ神を乗せて飛ぶ

魔力をもち、人間を悪鬼（悪霊）から守るといわれる黄金の鳥です。卵から生まれてすぐに、太陽のように光を放つ姿に成長しました。あるとき、呪いによって母がどれいになったことを知ったガルダは、呪いを解くために天界にある不老不死の水アムリタを取りに行きます。ガルダは天界で神々をたおすと、ぶじにアムリタを手に入れて母の呪いを解くことができました。この冒険の途中、ガルダはヴィシュヌ（→ p.26）に出会い、ヴィシュヌに仕えることになりました。

日本にも伝わった

ガルダは、のちにインドから東南アジアや日本にも伝わりました。仏法を守る八部衆の1つ、頭が鳥の迦楼羅は、ガルダが仏教の守護神となった姿で、仏像もつくられました。

- **出典** ヒンドゥー教神話
- **別名** カルラ、スパルナ、ガルーダ
- **大きさ** とても大きい

頭と下半身はワシで、上半身は人間の姿をして、翼をもっています。

キュクロプス

**目が１つの巨人
ウラノスとガイアの子**

　キュクロプスとは目が１つの巨人のことで、アルゲス（閃光）、ブロンテス（雷鳴）、ステロペス（電光）という名の３人の兄弟でした。３人は父親のウラノス（→ p.21）にきらわれ、ほかの子どもたちといっしょに冥界の奥のタルタロスに閉じこめられました。しかし、神々の戦いが始まると、ゼウス（→ p.78）によって救い出されます。鍛冶屋であった三兄弟は、お礼にゼウスに最強の武器となるケラウノス（雷）をつくっておくりました。

出典 ギリシャ神話
別名 サイクロプス
大きさ とても大きい

　ゼウスの雷のほか、ポセイドン（→ p.121）には「三つまたのほこ」を、ハデス（→ p.101）には「かくれるかぶと」をおくりました。

人食い怪物キュクロプス

　古代ギリシャの詩人ホメロスの叙事詩『オデュッセイア』に登場するキュクロプスは、島（現在のシチリア島）にすみ、旅人をおそって食べる、頭の悪い野蛮な１つ目の巨人としてえがかれています。

41

キマイラ

ライオンやヤギなどが合体した怪物
すむ土地を荒らしていたが英雄にたおされる

　テュポン（→ p.85）とエキドナという怪物どうしから生まれました。怪物キマイラの姿は、背中からヤギの頭がつき出して、ヘビまたは竜の尾をもったライオンでした。ヤギの口からは、なんでも焼いてしまう火をはきました。キマイラは家畜や人をおそっていましたが、リキュア（トルコの南沿岸の都市）の王の命令でやってきた、天馬ペガサス（→ p.112）に乗った英雄ベレロフォンに退治されました。

出典	ギリシャ神話
別名	キメラ、シメール
大きさ	オスのライオンより大きい

兄弟は怪物ぞろい

　キマイラの兄弟にはヒュドラ（→ p.104）と地獄の番犬ケルベロス（→ p.55）がいます。また、エキドナから生まれた父親ちがいの兄弟にはスフィンクス（→ p.70）や、英雄ヘラクレス（→ p.116）に退治されたネメアのライオンなどがいます。

ヤギの頭

ライオンの頭と体

母である怪物エキドナ

エキドナは、上半身は人間の女性で、下半身はヘビという怪物です。ほらあなの中にいて、まよいこんだ旅人を食べていました。100の目をもつという巨人のアルゴスに退治されました。

科学の用語となった

生物学では、実験で異なる遺伝子を合わせてつくった細胞や動物、植物を「キメラ細胞」「キメラ生物」とよぶことがあります。動物が合体したキマイラ（キメラ）が由来となっています。

キマイラはその姿などから、恐怖と混乱の象徴としておそれられました。

尾はヘビ（竜のこともあります）

43

ギルガメシュ

女神ニンスンと人間との子
3分の2が神、3分の1が人間の英雄

　紀元前3000年ごろにじっさいにいたといわれる、古代メソポタミアの都市ウルクの王です。美しい外見で、武器を持てば強さでならぶ者はないとたたえられていました。若いころは、めぐまれすぎた環境で人の痛みを知らずに育ったために、たいへんな暴君でした。しかし、改心したあとは、怪物フンババ（→ p.114）退治や、天の牡牛退治などのさまざまな冒険の中で、成功や失敗を経験しながら人間的な成長をとげました。

出典	『ギルガメシュ叙事詩』ほか
別名	ビルガメッシュ
大きさ	人間と同じ

素手でライオンを捕まえる、勇かんで怪力のもち主とされています。

こん棒

捕まえたライオン

ギルガメシュの物語

『ギルガメシュ叙事詩』は、メソポタミア地方南部のバビロニアの遺跡から出土した粘土板に、くさび形文字で記されていました。紀元前2000年ごろに書かれたといわれています。

麒麟

**古代中国の神話や伝説に登場
心やさしい聖なる動物**

麒はオス、麟はメスのことで、合わせて麒麟と表します。伝説上の4つの霊獣（四神→p.77）の1つに入ることもあります。寿命は約2000年。ふだんの性質はおだやかで、人間や動物に危害をあたえることはありません。神聖な動物とされ、麒麟が現れるのは世の中が平和なときや、王がよい政治を行っているときなどといわれます。日本や韓国では、首が長く角のある実在の動物（キリン）に、この聖獣の名前があてられました。

出典	中国の神話や伝説
別名	なし
大きさ	オスの鹿くらい

体は鹿、足の先は馬、尾は牛で、顔は狼に似て、1本の角があるといわれます。

クーフリン

**アイルランド神話の伝説的な英雄
神の子にして最高の戦士**

太陽神ルーと、人間の女性との息子。若いときは美しい容姿で、とくに女性から愛されました。ところが、戦いとなると怪物のような体に変身しました。仲間の戦士全員が呪いをかけられても、変身したクーフリンだけは呪いからのがれて一人で戦い、敵の大群をふせぐこともありました。しかし、はげしい性格は、戦いの相手をわが子と気づかずに殺してしまう悲劇も引き起こしています。

出典	アイルランド神話、ケルト神話
別名	クーフラン、クーホリン（読みのちがい）
大きさ	人間と同じ

必ず敵に当たるというやり

職人のつくったたて

するどい切れ味の伝説の剣

育てられた王からもらったマント

45

クラーケン

船乗りにおそれられた正体不明の海の怪物
触腕やうずで船を引きこんで沈没させる

ノルウェーの古い伝承に登場する巨大な海の怪物です。船をおそい、船員もろとも海中深くに引きずりこんでしまうとおそれられていました。姿ははっきりせず、伝承のもとになったのは、船にぶつかってきたクジラのような大きな海の生き物だったかもしれません。18世紀になると、たくさんの触手をもつ巨大なタコかイカであろうという考えが広まり、小説に登場し、さし絵もたくさんえがかれました。

出典 ノルウェーの船乗りの伝承
別名 なし
大きさ 小島ほどもあるといわれる

触腕や腕で海に引きずりこんだり、大きな体がしずむときにうずを起こしたりして、船を沈没させると思われていました。

豆ちしき

海には怪物がすむ

広く深い海には、怪物がいると船乗りたちに言い伝えられてきました。古い絵では、イルカやクジラは実際とはちがう、怪物のような姿にえがかれています。また、人魚（女性はマーメイド、男性はマーマン）などの怪物の存在も考えられていました。

正体はダイオウイカ？

現在では、クラーケンは、深海にすむダイオウイカがもとになったと推測されています。イカの一種で、大きさは世界最大級です。2本の長い触腕を入れると全長10m以上になるものもいますが、船をおそうことはありません。ダイオウイカを食べるマッコウクジラは、水深300〜1000mにもぐるため、ダイオウイカもふだんはそれくらいの深さにいると考えられています。

クラーケンは、イカやタコのような多くの腕をもった怪物としてえがかれます。

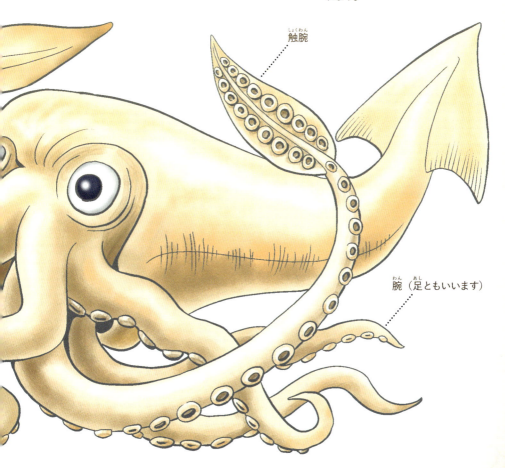

触腕

腕（足ともいいます）

クリシュナ

最高神ヴィシュヌの化身
やさしくて力もちの英雄

ヒンドゥー教の三大神の一人です。また、10の化身をもつヴィシュヌ（→ p.26）の8番目の化身です。比類ない知恵と怪力のもち主で、善良で人間の味方です。ヒンドゥー教徒にとって、もっとも魅力的で親しみやすい神といわれています。正義や法がおびやかされるときには、悪魔や悪い王と真っ向から戦いました。一方で、いたずら好きでもあったといわれています。

出典 ヒンドゥー教神話
別名 ハリ
大きさ 人間と同じくらい

横笛をふく、若者の姿で多くえがかれます。

横笛

豆ちしき

悪い王を退治する

悪名高い王カンサは、「妹の8番目の子が自分を殺す」という予言をおそれ、生まれてくる子どもを次々と殺します。しかし、7番目のバララーマと8番目のクリシュナは、ほかの子どもとすりかえられて助かりました。成長したクリシュナはカンサをたおしました。

牛飼いに育てられたといわれ、牛といっしょにえがかれることもあります。

48

ククルカン

マヤ神話の創造神で大気をつかさどる
人間をつくり文明をさずける

　創造神ケツァルコアトル（→ p.53）と同じとされる神です。ククルカンは、風とハリケーン（台風）の神であると同時に、ほかの神々といっしょに人間を創造し、マヤ人たちに文明をさずけた神とされています。マヤやアステカには、船出したケツァルコアトルがマヤに漂着し、ククルカンになったとも考えられる伝承があります。

- 出典　マヤ神話
- 別名　ググマッツ
- 大きさ　いろいろな大きさとされる

　ケツァルコアトルと同じく、名前には「羽毛におおわれたヘビ」の意味があります。翼をもったヘビとされる神話もあります。

グール

アラビアに伝わる人間の姿をした怪物
死体や人間を食べる

　人間のようですが、姿はみにくく性格は残忍です。墓地や人里はなれたところにすみ、墓で死体をあさり、森で道にまよった人をおそって食べてしまいます。変身が得意で、最後に食べた人に姿を変えるという言い伝えもあります。現在でも、グールをもとにした怪物が小説などに登場することがあります。

- 出典　アラビアの伝承
- 別名　ガル、グーラ（女性のグールのよび名）
- 大きさ　人間と同じくらい

　アラビアの砂漠にすんでいて、ハイエナのような動物に姿を変え、旅人を殺して食べてしまうともいわれています。

グリフィン

古代から各地に伝わり黄金などを守る上半身がワシ、下半身がライオンの怪物

地上と空で最強とされる、ライオンとワシが合体したどう猛な生き物です。古代インドに起源があるといわれ、メソポタミア、ペルシャ、エジプトや、ギリシャをはじめ広くヨーロッパに伝わりました。おもな役目は、ギリシャでは天界の神々の車を引いたり、黄金や貴重な酒などの財産を守ったりすることでした。また、金の鉱山の守護神でもありました。

出典 インド神話、メソポタミア神話、ギリシャ神話ほか
別名 グリフォン、グリュプス
大きさ とても大きい

ワシとライオンが合わさった姿の怪物です。

上半身はワシ

豆ちしき

くちばしから名前がついた

名前は、ギリシャ語の「曲がったくちばし」を意味する「グリプス（gryps）」からつきました。ワシのくちばしからそうよばれたと考えられています。

かっこいい姿が人気

グリフィンの姿は力強く威厳があり、知恵、王権、忠誠などの象徴とされたことから、ヨーロッパの王家や貴族、騎士の紋章のデザインに好んで使われました。また、エジプトやギリシャのスフィンクス（→ p.70）の姿にも影響をあたえたといわれています。

体が馬だとヒッポグリフ

グリフィンとメスの馬のあいだに生まれたとされる生き物は、ヒッポグリフとよばれます。上半身はグリフィンと同じくワシで、下半身はライオンではなく馬でした。ヒッポはギリシャ語で馬のこと、グリフはグリプスを意味します。

下半身はライオン

クールマ

**ヴィシュヌ神の第二の化身
神話でマンダラ山を支えるカメ**

　神々と魔神アスラが、不死の薬アムリタを手に入れるために協力して、乳の海をマンダラ山でかき回しました。すると海の底に穴があき、マンダラ山がしずみそうになります。そこで、ヴィシュヌ（→ p.26）はカメ（クールマ）に変身してマンダラ山の下に入って、しずまないように土台となりました。かき回された海からは太陽と月、アムリタ、ヴィシュヌの妻となるラクシュミー（→ p.138）など、さまざまなものが現れました。

出典	ヒンドゥー教神話
別名	なし
大きさ	山を支えるほどの大きさ

ヴィシュヌが変身した巨大なカメです。

クロノス

**ガイアとウラノスの息子でティタン（巨人）族
父に代わり全宇宙の支配者となる**

　父ウラノス（→ p.21）を追放したクロノスは、女神レアとのちのオリンポスの神々を生み出します。ところが、子の神々が自分を殺すという予言をおそれて、生まれた子どもたちを次々に飲みこんでしまいました。しかし、末っ子のゼウス（→ p.78）はレアがにがして無事でした。クロノスは、成長したゼウスとそのきょうだいたちと戦って敗れ、父ウラノスと同じように、子に支配者の座をうばわれました。

出典	ギリシャ神話
別名	サトゥルヌス（ローマ神話）、サターン
大きさ	とても大きい

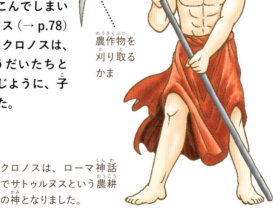

農作物を刈り取るかま

クロノスは、ローマ神話でサトゥルヌスという農耕の神となりました。

52

ケツァルコアトル

アステカ文明の根源的な神の1つ
名前は「羽毛をもつヘビの神」

　古代の中央アメリカで、もっとも古い神の1つです。のちにアステカ文明でも創造神として崇拝されました。学問、芸術、科学などを保護し、農業の神としてトウモロコシ栽培を教えるなど、人間に知識と繁栄をもたらしました。風と方位の神ともいわれています。神話によると、敵対する破壊の神テスカトリポカにだまされ権力を失ったケツァルコアトルは、ふたたびもどると言い残して、東の海へ出ていったといわれています。

出典 メソアメリカ神話、アステカ神話
別名 ククルカン（→p.49）（マヤ神話）
大きさ いろいろな大きさとされる

豆ちしき

アステカ帝国の最後

　ある言い伝えでは、ケツァルコアトルがもどるといわれる年（1519年）にやってきたスペインの遠征隊を、王がケツァルコアトルと思って受け入れてしまったため、アステカ帝国がほろぶきっかけとなったといわれています。

羽毛でおおわれたヘビの姿や、はだが白く黒いひげの生えた人間の姿などでえがかれます。

ゲブ

エジプト九柱神の一人
オシリスやイシスの父で大地の神

大気の神シュウ（→ p.65）と湿気の女神テフヌト（→ p.83）の子です。天の女神ヌト（→ p.95）は妹にあたります。天のヌトと大地のゲブで世界を表します。ゲブとヌトは、もとは１つでしたが、太陽神ラー（p.135）の命令でシュウがあいだに入って、天と地に引きはなされました。二人のあいだにはオシリス（→ p.34）、イシス（→ p.18）、セト（→ p.81）、ネフティス（→ p.95）が生まれました。

……人の姿で、聖獣であるガチョウを頭にのせてえがかれることもあります。

出典 エジプト神話
別名 なし
大きさ 大地の大きさ

玄武

北の方角と冬を守る聖獣
体にヘビが巻きついたカメの姿

古代中国で信仰された、天の４つの方角を守る聖獣を四神（→ p.77）といいます。玄武はその１つで北を守り、季節は冬を担当しています。玄は黒、武はかたいカメの甲を意味します。カメとヘビは北斗七星を表すともいわれます。北以外の四神には、東の青龍（→ p.76）、南の朱雀（→ p.69）、西の白虎（→ p.105）がいます。

四神は、古代の日本にも伝わり、キトラ古墳（奈良県）などの石室の四方の壁に、守り神としてえがかれました。

出典 中国神話、伝承
別名 なし
大きさ とても大きい

ケルベロス

冥界の王ハデスの番犬
3つの頭をもつ、どう猛な怪物

怪物テュポン（→ p.85）と怪物エキドナの息子。兄弟には怪物ヒュドラ（→ p.104）やキマイラ（→ p.42）などがいます。気性が荒く、ハデス（→ p.101）が治める冥界の入り口の番犬をしています。おもな役割は、冥界からにげ出そうとする死者を捕らえて食べることでした。ケルベロスがたらしたよだれが落ちた地面からは、猛毒の植物トリカブトが生えたといわれています。

 豆ちしき

ヘラクレスと対決

英雄ヘラクレス（→ p.116）の最後の難行は、ケルベロスを地上に連れてくることでした。ハデスに、武器を使わず生けどりにすれば連れていってよいといわれたヘラクレスは、身に着けていたライオンの毛皮で3つの頭をすばやくつつんで捕まえました。連れてきた後は冥界に返されました。

出典 ギリシャ神話
別名 サーベラス（英語読み）
大きさ とても大きい

頭が3つでえがかれることが多い。

尾がヘビで体にも無数のヘビが生えていた、頭は50あったなどともいわれます。

ケンタウロス

上半身が人間、下半身が馬の怪物
一族の多くは荒くれ者だった

　ケンタウロスは、上半身が人間で、下半身は馬の体をした怪物です。ギリシャ中部のテッサリアの王イクシオンと、ゼウス（→p.78）が女神に似せてつくった雲とのあいだに生まれたといわれています。ケンタウロスの一族はテッサリアのペリオン山にすみ、やばんで乱暴者の集まりでした。しかし、なかにはおだやかな性格の者や、学問にすぐれた賢者もいました。

出典	ギリシャ神話
別名	センタウル、ケンタウルス
大きさ	大きい馬くらい

神々の先生

　ケンタウロスの賢者ケイロンは、神々や英雄たちの先生でした。生徒には予言と音楽の神アポロン（→p.15）や、医術の神アスクレピオスなどがいました。

ケンタウロスは弓矢ややり、こん棒を武器としたといわれています。

上半身は人間

下半身は馬

ゴーレム

呪文を使い、土でつくった人造人間
役目は怪力でユダヤ教徒を守ること

　ゴーレムは、呪文で動く大きな土の人形です。ユダヤ教の神秘主義の教義「カバラ」を極めた者たちがつくりました。土で人形をつくり、呪文をとなえて、最後に神の名前を書いた護符をはりつけたり、口の中に入れたりして完成します。話すことはできませんが、怪力をもち、姿を消したり空を飛んだりする不思議な力をもっていました。おもな役割は、ユダヤ教徒を迫害から守ることでした。

土にもどす方法

　ゴーレムは命令を聞かずにあばれまわったり、巨大化したりすることがありました。もとの土にもどす方法は、護符をはぎ取り呪文をとなえることでした。

出典 ユダヤ教の伝説
別名 なし
大きさ 人間と同じくらい

ゴーレムという名前には「不完全なもの」という意味があります。

全身は土でできています。

ゴルゴン

顔を見たものを石に変える おそろしい怪物の三姉妹

ゴルゴンは、大地の女神ガイア（→ p.38）の息子ポルキュスの娘たちのことです。ステンノ、エウリュアレ、メドゥーサという名の怪物の三姉妹で、世界の西のはしにすんでいました。髪の毛はヘビ、目は見開き、口は耳元までさけたおそろしい顔で、翼をもち、手は青銅でできていました。その顔を一目でも見たものは石になってしまいました。姉二人は不死身ですが、メドゥーサだけは不死身ではなく、のちにペルセウス（→ p.119）に首を切り落とされました。

出典 ギリシャ神話
別名 なし
大きさ 人間と同じくらい

翼

豆ちしき
美しい娘だったメドゥーサ

もとは美しい娘でしたが、海神ポセイドン（→ p.121）と結ばれたうえ、「自分は女神アテナ（→ p.8）より美しい」と自慢したため、おこったアテナによっておそろしい怪物に変えられたともいわれています。

豆ちしき
魔よけとなった顔

メドゥーサの顔は、アテナのたてに取りつけられました。顔の彫刻は、魔よけとして、戦士のたてやよろい、都市の壁や門などにきざまれたといいます。

映画に登場したメドゥーサの体がヘビだったことから、それ以降ヘビの姿で表されることも多いです。

豆ちしき

名前の意味

ゴルゴンという名前は「どう猛」という意味。姉妹の長女ステンノは「力」、次女エウリュアレは「遠くへ飛ぶ」、三女メドゥーサは「女王」という意味です。

豆ちしき

直接見ないで戦った

ペルセウスは、女神アテナから借りたたてを鏡のように使い、メドゥーサの姿を映して、直接顔を見ないようにしながら首を切り落としました。

髪の毛はヘビ

ゴルゴンの三姉妹の末の妹・メドゥーサ

顔を見たものは石になってしまいます。

ゴブリン

ヨーロッパに伝わる妖精の一種
いたずら好きで悪いこともする

体の大きさは数cmから子どもくらいまで。性質は親切でいたずら好きな面と、悪がしこくて残こくな面もあり、悪魔のようにいわれることもあります。変身するなど魔法の力をもつものもいます。姿や性質も各地の伝承により少しずつちがっています。名前の由来はよくわかっていませんが、ギリシャ語の「悪党」「小鬼」という意味のことばからともいわれます。良いことをするホブゴブリンという仲間もいます。

子どもと馬を好むといわれます。また、悪い子をさらうともいわれました。

出典	ヨーロッパの民間伝承
別名	コボルト（ドイツ）、ゴブラン（フランス）
大きさ	数cmから人間の子どもくらいまで

コボルト

家にすみついて守るドイツの妖精
もとは山や鉱山の精ともいわれる

家を守る妖精で、いたずらはするものの住人に害をおよぼすことはあまりないとされています。食べ物と引きかえに家事を手伝うこともあります。また、日本の「座敷わらし」のように家を守っていて、出ていってしまうとその家は落ちぶれるともいわれていました。コボルトは英語ではゴブリンと訳されて、同じものとされることもあります。ゲームや映画では、コボルトもゴブリンも悪い面が強調されることが多いようです。

もとは人間に近い姿でしたが、頭部が犬になるなどしたのち、現在はトカゲのような姿でえがかれることが多くなりました。

出典	ドイツの民間伝承
別名	クルト、ハインツフェン、ゴブリン（おもにイギリス）、ゴブラン（フランス）
大きさ	人間の子どもくらい

サラマンダー

火をつかさどる精霊
トカゲのような姿をした怪物

伝説の起源は古く、古代ギリシャの文書にも残っています。16世紀にはスイスの錬金術師パラケルススが、サラマンダーを四大精霊のうちの火をつかさどる精霊として紹介しました。精霊とされますが、ふつうはヘビやトカゲのような怪物の姿で表されます。火から生まれ、猛毒をもち、皮ふは火に耐えて火の中で生きるとされています。また、血が非常に冷たく、火を消す能力があるともいわれています。

四大精霊とは

地（大地）、水、風、火の4つがすべての物を変化させるという、古代ギリシャで考えられた説を「四元素説」といい、これに対応する「四大精霊」が考えられました。地はノーム（→ p.96）、水はウンディーネ、風はシルフ（→ p.65）、火はサラマンダーです。

- 出典 ヨーロッパの伝承
- 別名 ヴルカン
- 大きさ 大きなトカゲくらい

サラマンダーはトカゲのような姿でえがかれることが多く、火の中にすむといわれています。

カ〜コ
サ〜ソ

サタン

**神と敵対する悪魔の王
人間を罪や悪事へと引きずりこむ**

　サタンは「敵対する者」という意味で、悪魔たちの王です。原始の時代から人々は、わざわいや不幸のかげには邪悪な者がいると考えていました。文明や宗教が発達してくると、邪悪な者は、神や人間に対抗するサタンという存在となります。キリスト教などでは、サタンは神に反逆した天使（堕天使）とみなされています。サタンは人間の弱みにつけこみ、誘惑して、神ではなく自分に従わせようとします。

出典	ユダヤ教、キリスト教、イスラム教ほか
別名	シャイターン、ルシフェル、ルシファー
大きさ	いろいろな大きさになることができる

天使ルシフェルが地におろされサタンとなる

　天使の中でも最高位とされる大天使にルシフェルがいました。知恵にすぐれ、もっとも美しく光りかがやく存在で、神からも愛されていました。その名も「光をかかげる者」という意味です。しかし、神の命令に従わず、神の怒りにふれて仲間と反乱を起こしました。戦いの末、堕天使として天界から追放されてサタンとなったのです。※追放の理由はいくつかの説があります。

神に仕える存在の天使

　天使は、神に仕え、人間へ神の意志を伝える存在です。ときには人間を守ることもありました。天使は風や光の霊のような存在で、絵画などでは翼をもち、多くは女性や子どものような姿で表されるようになりました。

光の輪があることが多い。

翼

天使は翼と光の輪をもった姿でえがかれるようになりました。

人々を神の道から遠ざけようとする「邪悪な力」を擬人化したものがサタンです。絵画や彫刻ではさまざまに表されます。古くはヘビや竜、中世には、角や翼のある人間と獣とが合体したような奇怪な姿で表されるようになりました。

サ〜ソ

・・・ 角

いくつもの顔をもつことがあります。

コウモリのような翼

先のとがった尾

豆ちしき

最初の人間への復しゅう

『旧約聖書』には、エデンの園という楽園で、最初の女性エバが神から禁じられていた果実を食べたため、それが人間の最初の罪（原罪）となり、男性アダムとともに楽園を追放されたという物語があります。このとき、エバに果実を食べるようそそのかしたのが、ヘビに姿を変えたサタンだったといわれています。

シヴァ

ヒンドゥー教の三神一体の神の一人
破壊と再生をつかさどる神

ヒンドゥー教では、シヴァと創造神ブラフマー（→ p.109）、世界を維持する神ヴィシュヌ（→ p.26）は、1つの神であり、役目のちがいから3つの姿になっていると考えられています。シヴァという名前には幸福や繁栄、慈悲の意味がありますが、破壊と再生の両方の面をもつ神です。シヴァはもと暴風雨の神として、すさまじい破壊と人に死をもたらします。しかし、病気をしりぞけ、新しい生命を育み再生をもたらす神としての顔も見せます。

- **出典** ヒンドゥー教神話
- **別名** マハディーヴァ、パシュパティ、シャンカラほか多数
- **大きさ** いろいろな大きさとされる

豆ちしき

大洪水をふせぐ

かつて大かんばつのとき、ある聖者が天界のガンジス川を地上に下ろそうとしました。しかし、そのままでは、大洪水となってしまいます。そこでシヴァは川を7つのおだやかな支流に変えて、地上を救ったということです。

- 三つまたのやり
- 三日月のかざり
- コブラ
- ダマルというたいこ
- ガンジス川の水が流れ出ています。
- 第三の目
- シヴァはパールヴァティー（→ p.97）を妻とし、子にガネーシャ（→ p.39）がいます。
- トラの毛皮

シュウ

エジプトの九柱神の一人
アトゥム（ラー）から生まれた大気の神

　湿気の女神テフヌト（→ p.83）とともに、エジプト神話で初めて男女の性別をもった神です。大地の神ゲブ（→ p.54）と天の神ヌト（→ p.95）の父であり、1つになっていた二人を引きはなして天と地を分け、間を大気で満たしました。古代エジプト絵画には、ゲブとヌトの間で天（ヌト）をもち上げるシュウの姿がえがかれています。父の太陽神ラー（→ p.135）が乗る船を守る役割もありました。

……風を表すシンボル

出典	エジプト神話
別名	なし
大きさ	天にとどくくらいの大きい

古代ギリシャ人は、天を支えるアトラス（→ p.12）とシュウを同じ神と考えました。

シルフ

四大精霊のうちの風の精霊
風に乗って自由に動き回る

　地、水、風、火という4つの「元素」をつかさどる四大精霊（→ p.61）の風（空気）の精霊です。姿は背の高い人間の少女のようで、力が強く、性格は少し乱暴なところがありました。四大精霊たちは、それぞれ自分の元素で力を発揮します。シルフは空気の中を自由に動き回ります。しかし、土の中では動けず、水の中ではおぼれ、火にふれれば燃えてしまいました。

出典	パラケルスス著『（通称）妖精の書』ほか
別名	シルフィード
大きさ	いろいろな大きさとされる

シルフは精霊や妖精をさすことばとして使われることもあり、バレエや小説にもよく登場します。

羽のある姿でえがかれます。

シグルズ

北欧神話のオーディンの子孫 ジークフリートとして知られる悲劇の主人公

　シグルズは、北欧神話の最高神オーディン（→ p.34）の子孫であるシグムンド王の息子として生まれました。幼いころは鍛冶屋の養父に育てられ、さまざまな技術を教わりながら成長しました。シグルズはファーブニル（→ p.67）というドラゴンをたおし、アンドヴァラナウトという指輪を手に入れます。しかし、それは持ち主を滅ぼすという呪われた指輪で、やがてシグルズが愛する者たちを悲劇に巻きこみ、シグルズをも死に追いやりました。

出典 北欧神話、ゲルマンの伝説
別名 ジークフリート
大きさ 人間と同じ

シグルズは北欧神話の英雄で、オーディンの子孫とされています。

豆ちしき

シグルズ（ジークフリート）の死

シグルズはドイツではジークフリートとよばれ、『ニーベルンゲンの歌』という叙事詩の中では死の原因が語られます。ジークフリートがドラゴンを退治したとき、全身に不死となる血をあびますが、肩に菩提樹の葉が落ちて血がかからず、そこだけが不死身ではなくなります。のちに、敵対する王の部下にその弱点をねらわれて命を落としました。

豆ちしき

音楽劇になったシグルズ（ジークフリート）

19世紀のドイツの作曲家リヒャルト・ワグナーは、ジークフリートの生涯などをもとにした4部構成の音楽劇（オペラ）『ニーベルングの指環』を完成させました。

グラムという名の剣。オーディンからシグムンドにあたえられ、シグルズに受け継がれました。石や鉄も切ることができたといいます。

ファーブニル

指輪や宝物を守るためドラゴンとなる
シグルズによってたおされた

ファーブニルは、ドワーフ（→ p.92）の王の息子で、最初はドワーフの姿をしていました。富を生み出すアンドヴァラナウトの指輪を手に入れるため王を殺し、指輪や宝物を守るため、火をはくドラゴン（→ p.88）となりましたが、シグルズに退治されました。

地面の穴にかくれていたシグルズに、腹を刺されてたおされました。

出典 北欧神話
別名 なし
大きさ とても大きい

ジン

アラビアに伝わる精霊、魔人 ランプの精のもとになったといわれる

神が人間より前にほのおからつくった精霊のような存在といわれています。人間とはべつの世界にすんでいて、ふだんは目に見えず接することもありません。しかし、けむりのようなものが集まって形になり、姿を現すことがあります。人間、動物、植物などに自由に変身できます。熱くなりやすい性質で、人間に取りつくこともあり、悪いジンに取りつかれると、気がくるったようになってしまいます。

出典	アラビアの伝承
別名	なし
大きさ	いろいろな大きさに変わる

体の大きさや形を変え、いろいろなものに変身することができます。

『千夜一夜物語』に登場

ジンは『千夜一夜物語』に登場するランプの精のもとになったといわれています。『千夜一夜物語』は、イスラム教世界に伝わる民話などの物語集で、『アラビアンナイト』の名前でも知られています。

ジンは宙にうかぶこともできます。姿は人間に見えないので、物が勝手にういたり飛んだりする怪奇現象は、ジンのしわざともいわれます。

朱雀
南の方角を守る四神の1つ
赤い大きな鳥の姿で表される

　古代中国で信仰された、東西南北の方角を守る四神（聖獣）（→ p.77）の1つです。南の方から来る悪霊などを追いはらい守ります。体の色は赤で、季節は夏を表し、火の象徴でもあります。翼を広げた姿でえがかれ、全身を消えることのないほのおがおおっています。中国の霊鳥「鳳凰」とは別の聖獣です。

出典 中国神話、伝承
別名 すじゃく、しゅじゃく（読みのちがい）
大きさ いろいろな大きさとされる

朱雀とはちがう鳳凰
　鳳凰は中国の神話に登場する、もっとも縁起の良いとされる霊鳥です。すぐれた王や皇帝が治めているときにだけ現れるといわれています。頭はニワトリ、首はヘビ、背はカメ、尾は魚といわれ、クジャクにも似ています。

火を象徴し、体の色は赤でえがかれます。

スフィンクス

**顔は女性、体はライオンの怪物
なぞを出して人々を苦しめる**

胸から上は人間の女性、その下はライオンで、翼をもった怪物です。ギリシャ神話に登場し、一説には怪物エキドナ（→ p.43）と巨人ゲリュオンの番犬オルトロスの娘といわれています。名前は「しめ殺す者」の意味があります。ヘラ（→ p.115）の命令で、テーバイの町に災いをもたらすためにつかわされました。スフィンクスは、町に通じるがけの道にいて、道を通る全員になぞを問いかけ、答えられない者やまちがった者を食い殺しました。

出典	ギリシャ神話、エジプト神話
別名	スピンクス
大きさ	ライオンより大きいくらい

翼があります。

エジプトのスフィンクス

ギリシャ神話のスフィンクスとはちがい、太陽神ラー（→ p.135）に仕える神です。顔が人間で体がライオン、翼はありません。神殿や王宮の守り神でもあり、ギザの大ピラミッドでは、スフィンクスの石像が今も、王たちをそばで見守り続けています。

人間の王の顔

体はライオン

神殿などの守り神である、エジプトのスフィンクス

豆ちしき

スフィンクスのなぞと答え

「朝は四本足、昼は二本足、夕は三本足になる生き物は何か？」というなぞです。オイディプスという青年が正しい答えを出しました。正解は「人間」です。「赤ちゃんのときは四つんばい、やがて二本足で歩き、年をとるとつえをついて三本足になる」という人間の一生のたとえでした。正解を聞くと、スフィンクスはがけから身を投げて死んでしまいました。

サ〜ソ

胸から上は女性

胸から下がライオン

ギリシャ神話の怪物
スフィンクス

71

スライム

ロールプレイングゲームに登場し有名に
不気味な怪物からかわいらしい姿へ

　スライムは、もとはゼラチンのようなねばりのある、どろどろでぬるぬるした形のない物質をさすことばです。映画や小説に登場する、形のはっきりしない正体不明の不気味な怪物の名前に「スライム」が使われました。さらにテレビゲームなどのロールプレイングゲームに登場するモンスターとして有名になりました。その後、ほかのゲームやアニメ、ライトノベル（小説）にも、さまざまなスライムが登場しています。

出典	小説、映画、ロールプレイングゲーム
別名	なし
大きさ	いろいろな大きさに変わる

豆ちしき

大人気のモンスター
　大ヒットしたロールプレイングゲーム『ドラゴンクエスト』に登場した、なみだ型のスライムが人気となり、その後のスライムの形に大きな影響をあたえました。

スライムは、どろどろしていて決まった形をもちません。

スルト

**原初から存在していた火の巨人
スルトの火で世界は燃えつきた**

　太古から存在する、ムスペルヘイムという灼熱の火の国を守る巨人です。名前の意味は「黒」。最終戦争「ラグナロク」（→ p.136）では、ムスペルヘイムの巨人たちをひきいて、霜の巨人族の側について神々と戦いました。このとき、スルトと戦ったフレイ（→ p.110）は、自分の剣を従者にあたえてしまっていたので鹿の角を使うこととなり、スルトに敗れてしまいます。スルトは火の剣で大地に火をまきちらし、世界は火の海となり燃えつきました。

出典	北欧神話
別名	なし
大きさ	山のように大きい

火の剣

スルトは燃え続ける火の剣を持っています。

スルトにちなんだ地名

アイスランドのヴェストマン諸島にある海底火山の噴火でできたスルツェイ島や、アイスランド最長の溶岩洞くつスルトシェリルは、どちらも火の巨人スルトにちなんで名づけられました。

スレイプニル

**最高神オーディンの乗る神馬
8本の足で速くかけ、冥界とも行き来**

ロキ（→ p.136）が変身した馬と、霜の巨人族の馬スヴァジルファリとのあいだにできた、灰色の毛に8本の足をもつオスの神馬です。名前の意味は「滑走するもの」で、どんな馬よりも速くかけ、海をこえ空も飛ぶことができました。最終戦争「ラグナロク」（→ p.136）では、オーディン（→ p.36）を乗せて霜の巨人族と戦いましたが、怪物狼フェンリル（→ p.108）に、オーディンとともに飲みこまれてしまいました。

出典　北欧神話
別名　なし
大きさ　とても大きい

冥界も行き来できる神馬

オーディンの息子のヘルモーズは、死んだ兄バルドルに会うため、スレイプニルに乗って冥界の門までやってきました。神でもかんたんに入れない冥界ですが、スレイプニルは門を軽々と飛びこえて中に入り、ヘルモーズは兄に会うことができました。

スレイプニルは前と後ろに4本ずつ、8本の足があります。

セイレン

上半身が女性、それ以外は鳥
美しい歌声で船乗りたちをまどわせる

女性の上半身に鳥の翼と体をもつセイレンは、花の咲き乱れるアンテモエッサ島にすんでいます。船が近くを通ると、岩の上で美しくあまい歌を歌い、船乗りたちを死ぬまで島にとどまらせました。島には船乗りたちの白骨が散らばっていたといいます。しかし、歌をきいても生き残った人間がいたときには、セイレンは海でおぼれ死ぬ運命にあったといわれています。

琴の音で歌をふせぐ

黄金の羊の毛皮を求めて航海をしていたアルゴ船が、島の近くを通ったときのことです。船に乗っていた琴の名手オルフェウスは、琴で美しい音色をかなでて、乗っていた者たちがセイレンの歌をきかないようにして、難をのがれました。

出典	ギリシャ神話
別名	サイレン
大きさ	人間と同じくらい

セイレンは、警報などを出す器械を表す英語「サイレン」の語源となりました。

翼

するどいつめ

青龍
せいりゅう

中国の四神の1つである龍
東の方角を守り、春を表す聖獣

古代中国で信仰された、天の4つの方角を守る四神（聖獣）の1つで、鹿の角を生やし、ヘビの尾をもつ龍の姿をしています。東の方角から来る悪霊などを追いはらい、土地や住民を守ります。春の季節を象徴し、体の色は青（現在の青ではなく、樹木などの緑色）で表されます。日本の風水の考え方では、川の流れの象徴ともいわれています。

出典 中国神話、伝承
別名 青龍、蒼龍
大きさ とても大きい

龍は水中や地中にすみ、空を飛ぶこともできます。雲をあやつり、雨をふらせたり雷を起こしたりします。

2本の角があって、長いひげが生えています。

願いがかなうという宝珠を持っていることもあります。

76

豆ちしき

東西南北を守る四神

四神は古代の中国で生まれた考えで、東西南北の方角を表す聖獣が、その方向を守るものです。東・青龍、西・白虎（→ p.105）、南・朱雀（→ p.69）、北・玄武（→ p.54）となっています。日本には7〜8世紀に中国から伝わりました。都などをつくるときにも、4つの方角の条件がふさわしい「四神相応」である土地が選ばれました。

四神と方角 — 北・玄武、西・白虎、東・青龍、南・朱雀

体はうろこにおおわれたヘビのようで、4本の足には指があります。

ゼウス

ギリシャ神話の全知全能の絶対神
神々と人間を守り支配する

雷、雨、雲など、空の自然現象を自在にあやつる天空の神です。神々の王であることから正義、秩序、法などの神にもなりました。名前は「天空」を意味することばに由来しています。雷を武器とし、動物などにも変身することができます。ワシを聖獣として従えています。兄のハデス（→ p.101）は冥界、ポセイドン（→ p.121）は海の神であり、姉のヘラ（→ p.115）は妻となっています。オリンポス山の宮殿にすむオリンポスの十二神（→ p.8）の長です。

出典	ギリシャ神話
別名	ユピテル、ジュピター（ローマ神話）
大きさ	いろいろな大きさになることができる

武器とする
ケラウノス（雷）
（→ p.41）

ゼウスの子どもたち

ゼウスにはたくさんの子がいます。オリンポスの十二神では、アテナ（→ p.8）、アルテミス（→ p.12）、アポロン（→ p.15）、アレス（→ p.17）、ディオニュソス（→ p.83）。人間の女性とのあいだの子（半神）には、英雄ペルセウス（→ p.119）やヘラクレス（→ p.116）、クレタ島の王ミノス（→ p.130）、トロイア戦争のきっかけとなったヘレネなどがいます。

ゼウスのきょうだい

父クロノス（→ p.52）と母である女神レアとの子には、女神のヘスティア（かまどの女神）、デメテル（→ p.86）、ヘラ、男神のハデス、ポセイドンがおり、ゼウスは末っ子です。レアによってにがされたゼウス以外は、クロノスに飲みこまれました。

ワシを従えています。

王のしゃく（つえの一種）を持ちます。

サ〜ソ

豆ちしき

父をたおし、神々の王に

　父クロノスに飲みこまれることをのがれたゼウスは、成長すると、まずクロノスに飲みこまれていたきょうだいたちをはき出させました。さらに、地下のろうごくタルタロスに閉じこめられていた祖父ウラノス（→ p.21）の子孫たちを救い出すと、彼らを味方につけ、クロノスらティタン（巨人）族との戦いを始めます。10年続いた戦いは、ゼウスたちの勝利に終わりました。ゼウスは神々の王となり、兄たちとの役割分担で天空を治めることになりました。

79

ゾンビ

**歩き回る生けるしかばね
かみつかれた人もゾンビになる**

ハイチの民間信仰ブードゥー教には、司祭によって死者を生き返らせるという儀式があり、よみがえったとされた死者は「ゾンビ」とよばれます。20世紀前半、アメリカで出版された本で紹介され、大げさに解釈されて広まりました。映画などに登場するゾンビは、墓から生き返り、人間を食べ、かまれた人もゾンビになるなどの特徴があります。ゾンビをたおすには、脳をこわす、首を切り落とすなどが有効といわれています。

出典	ブードゥー教、映画など
別名	リビングデッド（英語）
大きさ	人間と同じ

体がふはいしてもろくなっているため、速い動きは苦手といわれます。

豆ちしき

がいこつだけの怪物

全身の骨だけの怪物は「スケルトン」とよばれます。もとが戦士などで、多くは武器を持っています。スケルトンとは、英語でがいこつや骨組みのことです。

セト

**砂漠や戦い、災害の神
兄オシリスを殺害する**

大地の神ゲブ（→ p.54）と天空の神ヌト（→ p.95）の息子でオシリス（→ p.34）の弟。エジプト九柱神（→ p.34）の一人で、太陽神ラー（→ p.135）を守る役目もありました。対立するオシリスをだまして木の棺に入れると、ナイル川に投げこんでおぼれさせて殺しました。さらに死体をバラバラにしてエジプト全土にばらまきました。オシリスが冥界に去ったあとは、オシリスの息子ホルス（→ p.122）と王の座を争い対立しています。

出典	エジプト神話
別名	ステク、セテフ
大きさ	いろいろな大きさとされる

ジャッカルなど、いろいろな動物に結びつけられますが、頭部は鼻の長いツチブタで表されることが多いです。

ツクヨミ

**夜を治める月の神
アマテラスの弟でなぞが多い**

アマテラス（→ p.16）の弟で、スサノオ（→ p.133）の兄ですが、両者の活躍にかくれて、姿かたちなどもなぞの多い神です。日本の国を生んだイザナギ（→ p.19）が右目を洗うと、そこから生まれたとされています。イザナギからは、夜の世界（夜の食国）を治めるようにいわれ、月の神となりました。

出典	日本神話（『古事記』『日本書紀』）
別名	正式名は、月読命、月夜見尊（ツキヨミとも読まれる）
大きさ	人間と同じくらい

ある事件によりツクヨミは高天原を追い出されます。その結果、日の神アマテラスと月の神ツクヨミが会わなくなったことで、昼と夜が分かれたといわれています。

81

ティアマト

ドラゴンの姿をした原初の女神
その体から世界がつくられた

バビロニアの創世記に登場する、すべてのものを生んだ母神といわれています。世界がまだはっきりしていなかったころ、真水を象徴する男神アプスーと、霧の姿をして生命力をもつ男神ムンム、そして海の塩水を象徴する女神ティアマトだけがいました。この三神が協力して、すべての神々が生まれ始めました。

出典 メソポタミア神話
別名 なし
大きさ とても大きい

豆ちしき

体が天と地になった
のちにティアマトは、神々の長となったマルドゥク（→ p.123）と戦い、殺されてしまいます。ティアマトの体は、マルドゥクによって2つに分けられ、天と地になりました。また、体の水分は雲や雨や霧となり、地下水や川もできました。

ティアマトはドラゴンの姿をしていたとされますが、形がないとされたり、女神としてえがかれたりもします。

82

ディオニュソス

**オリンポスの十二神の一人
ブドウ酒、音楽、演劇などの神**

　ゼウス（→ p.78）とテーバイの王女セメレーの子。生まれる前にセメレーが亡くなり、ゼウスは自分の太ももの中で、ディオニュソスを生まれるまで育てました。成長したディオニュソスはブドウ酒をつくり、ブドウの栽培法を人々に教えました。ディオニュソスをたたえる祭りでは、酒によい、熱狂的な歌やおどりがもよおされました。それらが、のちのギリシャ音楽や演劇などの芸術へ発展したといわれています。

酒や芸術などの神です。

ブドウ酒
ブドウ

出典 ギリシャ神話
別名 バッカス（ローマ神話）
大きさ 人間と同じことが多い

テフヌト

**エジプト九柱神の一人
創造神アトゥムの娘で湿気の神**

　雲や雨をあやつる湿気の女神です。大気の神シュウ（→ p.65）とともに、初めて男女の性別がはっきりとした神です。シュウとテフヌトのあいだに、大地の神ゲブ（→ p.54）と天空の女神ヌト（→ p.95）が生まれました。シュウが太陽神ラー（→ p.135）の命令で、くっついていたゲブとヌトを引きはなすとき、テフヌトも手伝いました。すると、大地と天の間に大気が入り、雲ができ雨もふり、やがて植物も生えて、世界は現在の姿になりました。

空と太陽を表します。

頭はメスのライオン

アトゥム（→ p.11、太陽神ラー）のつばから生まれたといわれます。

出典 エジプト神話
別名 なし
大きさ 天にとどくくらい大きい

デーモン

デーモンとは悪魔をさす
人に害悪をもたらす超自然的な存在

　デーモンは一般的にいう悪魔のことです。悪魔は、破壊的な自然現象や不可解なできごとを引き起こすほか、人の心の中にもひそみ、不幸や狂気、病気などをもたらす存在として、現在でも小説や映画、まんがなどに登場します。デーモン（悪魔）のような邪悪な存在は、神話や民間伝承などにもあり、その歴史は先史時代にまでさかのぼるといわれています。

デーモンの語源

　語源といわれるギリシャ語の「ダイモーン」は、霊や神の力を表すことばでした。キリスト教の時代になると、神の背後にひそむ悪い存在を表すようになりました。

いろいろな姿をしており、1つの例です。

- 翼
- 角
- 動物のような耳
- きば
- するどいつめ
- 動物のような下半身と尾

出典　民間伝承など、語源は古代ギリシャ
別名　各国、各地でさまざま
大きさ　いろいろな大きさ、人と同じくらいのことが多い

テュポン

**ヘビの体に翼をもち目から火をふく怪物
ゼウスとのはげしい戦いに破れる**

大地の女神ガイア（→ p.38）とろうごくの神タルタロスの子で巨大な怪物です。テュポンはゼウス（→ p.78）とはげしい戦いをくり広げました。一時はテュポンが勝ちそうになりますが、最後はゼウスにイタリアの南の海へ追いつめられます。ゼウスが海から島を１つ取って投げつけると、テュポンは島とともに海へ落ちました。それが現在のシチリア島で、テュポンのはいた火がエトナ火山になったといわれています。

豆ちしき
台風のよび名になった？
別の神話では、ゼウスに敗れたテュポンは、タルタロスのろうごくの奥へ閉じこめられて、人々に害をおよぼす暴風の神となりました。そこから、テュポン（typhon）が、台風の意味の英語「タイフーン（typoon）」のもとになったという説が生まれました。

出典	ギリシャ神話
別名	テュポエウス
大きさ	とても大きい

翼

たくさんのヘビが生えており、ヘビも火をはきます。

時代や神話によって、いろいろな姿でえがかれます。

下半身はヘビ

デメテル

オリンポスの十二神の一人
ゼウスの姉で豊かな実りの女神

農業や実りの女神で、人間に穀物栽培を教えたといわれています。あるとき、デメテルの娘ペルセポネが冥界の王ハデス（→ p.101）に連れさられました。デメテルはおこって天界を出て行き、大地は荒れて穀物も実らなくなりました。ゼウス（→ p.78）はハデスにペルセポネを返すよう命じますが、冥界のものを食べてしまったペルセポネは、1年の4分の1はそこでくらさねばなりませんでした。デメテルはその間、穀物を育たなくしたので、その時期が冬になったといわれています。

デメテルは、とくに穀物の実りをつかさどります。

たいまつ

麦の穂

出典 ギリシャ神話
別名 ケレス（ローマ神話）
大きさ いろいろな大きさとされる

トト

すべての知識をつかさどる神
月の動きや満ち欠けをコントロールした

エジプトでもとくに古い神です。原初の宇宙で発したことばによって、すべてのものを生み出しました。また、数学や天文学などで、世界に秩序をもたらした知識の神といわれています。1年を12か月とする暦を生み出し、月とも深く結びついていました。昼は太陽神ラー（→ p.135）の船に乗って敵から守り、夜はラーに代わって月を動かし、満ち欠けを調整していました。

頭部は鳥のトキで、神々の書記をしていたともいわれます。

出典 エジプト神話
別名 ジェフウティ
大きさ いろいろな大きさとされる

トロル

北欧神話の巨人、姿はみにくく悪事をはたらく のちにこびとの妖精にもなった

北欧神話や伝説に登場する巨人の種族です。のちにこびとの妖精としても表されるようになりました。名前は「怪物」や「亡霊」という意味です。ふだんは森の地中にいて、直接太陽の光にあたると石になってしまうため、おもに夜に行動します。人間のところにもやってきて、物をぬすみ子どもをさらうことがあります。姿を消したり、変身したりできるものもいます。姿や性質は地域によりさまざまですが、多くはみにくくて凶暴です。

出典	北欧神話、伝説
別名	トロール
大きさ	小さいものから山のように大きいものまで

小説などにえがかれるトロルの多くは、巨大で凶暴です。

豆ちしき

トロルを使ったことわざ

「美しい姿にはトロルがかくれているかもしれない」という、ノルウェーのことわざには「人は見かけによらない」、または「容姿を自慢してはいけない」などの意味があるそうです。

ドラゴン

巨体で空を飛び、火をはく宝物を守る最強のモンスター

　ヘビ、トカゲのような体に翼、角、きばをもつ伝説の生き物です。地下、洞くつ、水中などにいて、多くは宝物を守っています。大きなものでも翼で飛ぶこともできます。口から火をはき、人や建物などに大きな被害をあたえます。悪と暗黒の力の象徴とされて、物語では英雄や勇者、騎士などと戦って退治されることの多いモンスターです。

出典 ヨーロッパの神話や伝説、中東の民話など
別名 神話、伝説などにより個別の名前がある
大きさ 巨大なものから犬くらいまで

全身がうろこでおおわれ、緑色なのは体を冷やすために草を食べるからといわれます。

体の力が強く、尾をふり回す攻撃もします。

コウモリのような翼をもち、空を飛びます。飛ぶときに竜巻が起きることもあります。

　ドラゴンという名前は、ギリシャ語のドラコン（ヘビ）からついたといわれています。ドラゴンは強さの象徴ともされ、軍隊の旗にえがかれたり、王家の紋章に用いられたりしました。船のへさきに彫刻をかざることもありました。

ドラゴンと竜

ドラゴンは、漢字では「竜」や「龍」で表されますが、アジアの竜とドラゴンでは姿や性質がちがいます。竜はインドからヒンドゥー教、仏教とともに、アジアに広く伝わったといわれます。また、中国では古くから竜が考えられていて、四神では青龍（→ p.76）となりました。日本では「たつ」ともよばれ、海や水の神とされました。

青龍

ゲームでも強敵

ドラゴンは宝物や門などを守ることが多く、神や英雄にたおされました。ドラゴン退治は、シグルズ（→ p.66）、アーサー王（→ p.30）などが有名です。絵画や小説、映画などにも取り上げられ、ゲームでは最強クラスの敵やボスとしても多く登場します。

するどい毒のきばをもち、口から火をはいて建物などを焼いてしまいます。血も炎でできていて、体を冷やすために大量の水を飲むといわれます。

足は4本で、ワシのようなかぎづめをもっています。

トール

映画などにも登場する北欧神話最強の戦士
ハンマーをあやつる雷神であり、農耕の神

最高神オーディン（→ p.36）の息子。名前には「雷」の意味があります。怪力の大男で、短気で、ものごとを力で解決しようとする性格でした。雷神であるトールの持つミョルニルという稲妻のハンマーは、敵に投げると必ず命中し、手にもどりました。2頭の黒ヤギが引く戦車に乗ってトールが空をかけると、雷鳴が鳴りひびきました。オーディンがヴァイキングや戦士に崇拝されたのに対し、トールは農民に人気がありました。

出典　北欧神話
別名　ソー（英語）
大きさ　人間より大きい

ミョルニル
（稲妻のハンマー）

ミョルニルが熱くなるので鉄の手ぶくろをつけたといいます。

豆ちしき

必ず敵をたおすミョルニル

トールの持つハンマー・ミョルニルは、ドワーフ（→ p.92）がつくったといわれています。名前には「粉砕するもの」という意味があり、投げると必ず敵に当たりもどってきました。ミョルニルで多くの怪物や巨人をたおしました。

ヴァイキングの美術に見られるうず巻きもようがえがかれたミョルニル

トールは、最高神オーディンと大地の女神フィヨルギュンの子です。大蛇ヨルムンガンド（→ p.134）との戦いでは、相手の頭をたたきつぶしますが、ヨルムンガンドのはいた毒で命を落としました。

豆ちしき
宿敵の霜の巨人をたおす

あるとき、トールはだいじなミョルニルを霜の巨人スリュムにぬすまれてしまいました。スリュムは返すかわりに、女神フレイヤ（→ p.110）との結婚を要求しました。そこでトールは女神に扮装して婚礼の席に出ると、油断したスリュムと婚礼に集まった巨人族全員をミョルニルでたおしてしまいました。

力が倍になるベルト

豆ちしき
トールにちなんだ「木曜日」

ローマ暦では、週の5番目の日（木曜日）を「ユピテル（ゼウス→ p.78）の日」とよんでいました。紀元300年ごろ、ローマ暦を取り入れた北欧の人々は、ユピテルは雷神であるトールと同じと考え、その日を「トールの日」としました。英語の木曜日「Thursday」には「トールの日」の意味があります。

ドワーフ

北欧に伝わるこびとの妖精の種族
名前の意味も「小さい人」

　ドワーフは、山や洞くつに集団でくらす妖精で、北欧の古い民間伝承に登場します。すぐれた職人であり、金属をつかったアクセサリーなどのほか、北欧神話の神々のために魔力をもつ武具や宝もつくり出します。また、鉱石から金などを精錬することも得意です。本来、ドワーフは男性だけで女性はいませんが、のちの小説などでは女性のドワーフも登場しています。

7人のこびとはドワーフ
グリム童話に入っているドイツ民話『白雪姫』に登場する「7人のこびと」は、ドワーフであるといわれています。また、トールキンの小説『ホビットの冒険』や『指輪物語』でも、ドワーフが活躍します。

出典	北欧神話、北欧の民間伝承（ゲルマンの民間伝承）、小説
別名	ツヴェルク
大きさ	人間の子どもより小さい

ドワーフはがっちりしたがんじょうな体つきで、勇敢な種族としてえがかれることが多くなっています。

ドリュアス

樹木に宿り守る精霊　木に害をあたえる人間を罰する

　古代ギリシャの人々は、自然の中には精霊ニンフ（→ p.94）が宿ると信じていました。樹木、とくにカシの木に宿るニンフがドリュアスです。悪をした人間に罰をあたえることもありました。不死身のニンフが多いなかで、ドリュアスは不死身ではなく、ヘビにかまれて死んでしまう話もあります。ほかにもクルミの木やハナミズキなどのニンフたちは、その木が枯れるといっしょに死ぬと信じられていました。

１本の木に宿るドリュアスは、女性の姿でえがかれることが多いですが、森の主である精霊は、老人の姿のこともあります。

出典	ギリシャ神話
別名	ハマドリュアス（ハマは限りある寿命のこと）
大きさ	宿る木によってちがう

ナイトメア

「悪夢」と同じよび名の悪魔の一種　ねむっている人に悪い夢を見せる

　ナイトメア（Nightmare）とは、うなされるような悪い夢「悪夢」のことですが、ねむっている人のまくらもとや体の上に現れて悪夢を見せる悪魔の名前にもなっています。メア（mare）は、「鬼神」「霊」などを意味することばです。黒い馬といっしょに表されることが多く、これはメアに「メスの馬」の意味もあるためです。起源は中世のヨーロッパといわれています。

小さい悪魔で、ねむっている人のまくらもとにいたり、体の上に乗っていたりするといわれます。

出典	ヨーロッパの伝承
別名	夢魔（日本語）、インキュバス、サキュバス
大きさ	大きなネコくらいの大きさ

ナーガ

インド神話のヘビの神　ヒンドゥーの神々や仏陀の守護神

　ナーガは、インドコブラというヘビが神となった種族です。上半身が人間で下半身がヘビの姿や、7つの頭のあるコブラの姿でえがかれます。ヒンドゥー教では、シヴァ（→p.64）やガネーシャ（→p.39）、ヴィシュヌ（→p.26）たちを守る役目をしています。種族の王はナーガラージャといいます。仏教では、仏陀の守護神であるナーガラージャの「ムチャリンダ」が、7つの頭を広げて瞑想中の仏陀を大嵐から守ったといわれています。

インドコブラに似た7つの頭があります。

ナーガたちは地下にある王国にすむといわれます。

- 出典　インド神話、ヒンドゥー教、仏教
- 別名　なし
- 大きさ　とても大きい

ニンフ

自然の中に宿り自然を守る精霊たち　多くは人の姿で表される

　ニンフは、自然のものや現象に宿る精霊を、人間の姿で表した存在です。森や林、山、川、海などのニンフのほか、夜や雨のニンフもいます。ドリュアス（→p.93）のように1本の樹木のニンフもいました。ニンフはふつう若く美しい女性の姿をしていて、不老不死、または非常に長生きでした。多くは神々に仕えていましたが、神々や人間を誘惑したり、魔力を使って正気を失わせたりする攻撃的な面もありました。

「ナイアス」とよばれる、水（川や泉）のニンフです。

- 出典　ギリシャ神話と伝承
- 別名　ニュムペー（ギリシャ語）
- 大きさ　いろいろな大きさのものがいる

ヌト

エジプト九柱神の一人、天空の神
大地をおおい、昼と夜をつかさどる

夫の大地の神ゲブ（→ p.54）とむりやり引きはなされたヌトは、手と足だけを大地のはしについて、体で大地をおおうことになりました。昼は太陽神ラー（→ p.135）の乗った船が、ヌトの上を東から西へと運行し、夜になると体には星がかがやきます。ラーがヌトの口に入ったときが日没で夜となり、次にヌトの足の間からラーが生まれると、また朝になりました。

出典 エジプト神話
別名 なし
大きさ 天と同じ大きさ

……太陽を表します。

多くは手と足をついて体（天空）を支える姿で表されます。

ネフティス

エジプトの九柱神の一人、葬祭の神
名前の意味は「館の女主人」

ゲブ（→ p.54）とヌトの娘で、兄弟にはオシリス（→ p.34）、セト（→ p.81）、イシス（→ p.18）がいます。オシリスがセトに殺されて、死体が行方不明になったとき、姉のイシスを助け死体を探し出して、バラバラになった死体をつなぎ合わせました。そのことから葬祭の女神といわれています。アヌビス（→ p.13）はネフティスとオシリスの子です。

出典 エジプト神話
別名 ネフテュス、ネベトフート
大きさ いろいろな大きさとされる

頭にはオシリスの……館を象徴するものをのせています。

ネフティスはイシスの妹であり、翼をもった姿でえがかれることもあります。

ノーム

いたずら好きで
はずかしがりやの大地の精霊

　四元素説の地、水、風、火の精霊（四大精霊→p.61）の1つで、ノームは地（大地）の精霊です。いつもは地中でくらしていて、ものすごい速さで地中を移動することができました。体は小さく、顔は老人のようで、とてもはずかしがりやです。いたずら好きですが、大きな悪事をはたらくことはありません。鉱山では鉱脈の番人で、ときには人間にありかを教えることもあるといわれています。

出典	パラケルスス著『（通称）妖精の書』、ドイツの民話
別名	山のこびと、ドワーフ（→p.92）などと混同されることがある
大きさ	草にかくれるくらい小さい

植物がよく育つようにとの思いから、庭などに大地の精霊であるノームの人形（ガーデンノームともいう）を置くことがあります。

バアル

天候をつかさどり豊穣をもたらす
カナーンの人々にもっとも重要な神

　バアルは嵐や雨、地下水をつかさどり天候をあやつることから、農作物に必要なめぐみの雨を降らせる豊穣の神として崇拝されていました。また、弟で冥界の神モトと戦い、死からも救ってくれると考えられていました。古代のカナーン地域（現在のパレスチナ一帯）を中心に信仰されました。名前は「主」や「所有者」を意味しています。エジプトに伝わるとセト（→p.81）と結びつき、暴風や戦いの神とされました。

出典	ウガリット神話、エジプト神話
別名	なし
大きさ	人間と同じくらい

やりとこん棒を持つ、戦士の姿で表されることが多いです。

パズズ

メソポタミアに伝わる風の魔王
母と子の守護神にもなった

　魔王としておそれられたパズズは、古代、病気や不幸を運ぶとされていた南西からの熱風が魔神の姿で表されたものといわれています。しかし、パズズはわざわいをもたらすと同時に、配下の悪魔を撃退してくれる守護神でもありました。パズズの妻の魔物ラマシュトゥが母子をおそうことをふせぐ守護神としてあがめられ、パズズをよび出す儀式が行われたといいます。

出典	メソポタミア神話（バビロニアの神話）
別名	なし
大きさ	いろいろな大きさに変わる

頭と手はライオン、体は人間で翼をもち、足はワシで、しっぽはサソリです。

パールヴァティー

最高神シヴァの妃
ヒンドゥー教最高の女神の化身

　ヒンドゥー教最古の母神で、インドの大地そのものといわれる女神デーヴィーは、性格や姿のちがうさまざまな女神として表されます。パールヴァティーはその化身の女神の一人です。パールヴァティーの名前は「山の娘」という意味で、ヒマラヤ山脈の娘です。シヴァ（→ p.64）の妃となり、ガネーシャ（→ p.39）など重要な神々を生みました。

出典	ヒンドゥー教神話
別名	デーヴィー（もととなった女神）、カーリー、ドゥルガーほか
大きさ	人間と同じくらい

かがやく金色のはだが特徴です。

ナ〜ノ

ハ〜ホ

バジリスク

**ニワトリの頭をもつヘビの怪物
目線を合わせたものは死んでしまう**

バジリスクの起源は、古代エジプトの砂漠にいたという伝説のヘビといわれ、古代ギリシャをへてヨーロッパに広まりました。名前の意味は「小さな王」です。ヒキガエルかヘビがだいて温めたニワトリの卵から生まれると信じられていました。目を合わせたものは死に、口から猛毒の息をはき出します。毒を消すには、ビーバーからとれる「カストリウム」という香料や「ルー」というミカン科のハーブがきくといわれていました。

豆ちしき
バジリスクの名前をもつトカゲ
南アメリカや中央アメリカにバシリスク属というトカゲ（イグアナのなかま）がいます。オスの頭部にとさかのようなでっぱりがあるため、バシリスクという名前がつきました。怪物のような、毒をはくなどの危険はありません。

出典 エジプトやヨーロッパの伝承、文献
別名 バジリコック、コカトリス、レグルス
大きさ 30cm以下

豆ちしき
バジリスクやコカトリスから身を守る方法
雄鶏（オスのニワトリ）が刻を告げる鳴き声を聞かせるとにげ出します。イタチが天敵で、においだけでもにげ出すといわれています。また、バジリスクやコカトリスを殺すには、鏡に映った自分の顔を見せるしかないといわれています。

目線を合わせたものは
死んでしまいます。

ニワトリの頭と足、体はヘビです。
足は8本あります。

コカトリス

**ニワトリの頭にドラゴンのような翼
バジリスクと似るが、別な能力もある**

　コカトリスは、バジリスクに似た怪物で、多くはニワトリの頭とドラゴン（→ p.88）のような翼をもった怪物としてえがかれます。バジリスクの影響を受けて中世のヨーロッパで生まれたとも、バジリスクの別名ともいわれています。生まれ方や、見たものを殺したり、毒をはいたりするのは同じですが、翼で飛んだり、口から火をふいたりするところなどちがいもあります。

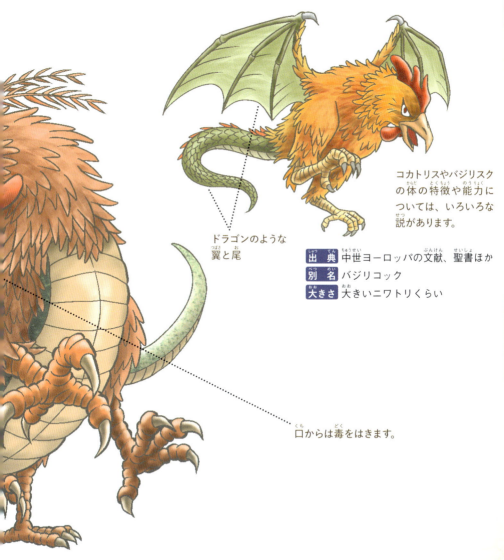

ドラゴンのような
翼と尾

コカトリスやバジリスクの体の特徴や能力については、いろいろな説があります。

出典　中世ヨーロッパの文献、聖書ほか
別名　バジリコック
大きさ　大きいニワトリくらい

口からは毒をはきます。

バステト

ネコの頭をもつ古代エジプトの女神　妊婦と出産の守り神

頭はネコで、体は人間。

　古代エジプトでは、ネコを聖なる動物としていたため、頭がネコの女神が生まれたと考えられています。子どもをもつ女性の守り神です。もとはメスのライオンの姿をして、ファラオ（エジプトの王）を守る役目をもっていましたが、いつしかおだやかなネコの姿に変化しました。しかし、敵を前にすると、もとのはげしく攻撃的な性格を現します。

出典	エジプト神話
別名	バセテト
大きさ	人間と同じくらい

　太陽神ラー（→ p.135）に仕える女神たち「ラーの目」の一人として、ラーを守る役割をもちます。

ハトホル

牛の姿で表される古代エジプトの女神　愛と美と母性をつかさどる

　太陽神ラー（→ p.135）の娘であり、妻ともされています。また、「ラーの目」とよばれる女神たちの一人でした。母親と子どもの守護神で、母性の象徴として頭が牝牛で表されることもあります。一方で凶暴な面もあり、オスのライオンの姿となったハトホルはセクメトとよばれ、ラーに命じられて人間に罰をあたえました。

牛の角と太陽を表す冠をつけた女神でえがかれることもあります。

　古代ギリシャの人たちはハトホルをアフロディテ（→ p.14）と同じ神としていました。

出典	エジプト神話
別名	セクメト、フウト・ヘル
大きさ	人間と同じくらい

ハデス

ギリシャ神話の最高神ゼウスの兄
冥界（死者の国）の王

巨人クロノス（→ p.52）の息子の一人で、最高神ゼウス（→ p.78）の兄にあたります。冥界は地底深くにあり、神話に登場する生き物や怪物たち、人間などが死後に亡霊となって閉じこめられている世界です。ハデスは冥界の支配者で、名前には「地下のもの、目に見えぬもの」という意味があります。ハデスの別名「プルート（Pluto）」は、準惑星の冥王星の正式名として日本でも知られています。

出典	ギリシャ神話、ローマ神話
別名	プルート（ローマ神話）
大きさ	いろいろな大きさとされる

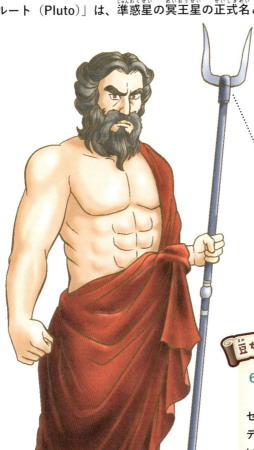

ふたまたのやり「バイデント」を持っています。

豆ちしき

6人のきょうだい

ハデスのきょうだいにはゼウス、ポセイドン（→ p.121）、ヘラ（→ p.117）、デメテル（→ p.86）、女神ヘスティアがいます。ゼウスは天空、ポセイドンは海、ハデスは冥界（地下）の王となりました。

キュクロプス（→ p.41）からおくられた「かくれるかぶと」をもち、冥界の番犬にはケルベロス（→ p.55）がいます。

101

ハヌマーン

サルの姿をした怪力の神
嵐を起こし空を飛ぶヒンドゥー教最強の戦士

風の神ヴァーユと、水の精であるアンジャナーの息子です。サルの軍団の隊長で、体の大きさを自由に変え、いろいろなものに変身でき、空を飛ぶなどの力をもっています。また、永遠の命をもつともいわれています。ヴィシュヌ（→ p.26）の化身・英雄ラーマをとても尊敬していて、ラーマに仕えて数々の手がらを上げました。ヒンドゥー教では、今もあつく信仰されています。

孫悟空のモデル？

16世紀に中国で書かれた物語『西遊記』には、サルの怪物・孫悟空が登場します。悟空もさまざまな超能力を発揮することから、ハヌマーンがモデルという説があります。

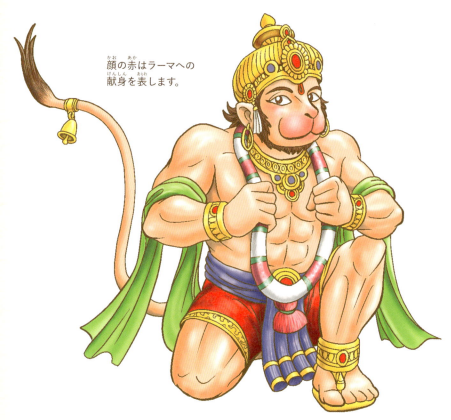

顔の赤はラーマへの献身を表します。

出典　ヒンドゥー教神話、『ラーマーヤナ』
別名　マルティ、バジュランガバリ、アンジャネーヤ（アンジャナーの息子の意味）
大きさ　いろいろな大きさになることができる

ハルピュイア

**半分が人間で半分が鳥
空を飛び回り人をさらう怪物**

　ギリシャ神話に登場する怪物の三姉妹で、頭または上半身が女性、それより下が鳥として表されます。性質はとても残忍で、空を飛び回り、子どもや若い娘、弱った者を連れ去るとされ、突然、人がいなくなると「ハルピュイアのしわざ」ともいわれました。また、つねにおなかをへらしていて、食べ物を見るとむさぼり食い、くさいふんをまき散らす不潔な怪物とされています。

出典　ギリシャ神話、『オデュッセイア』
別名　ハーピー（英語）
大きさ　大きな鳥くらい

名前と意味

　ハルピュイアは、海神オケアノスの娘の一人エレクトラの3人の子ともいわれ、名前はそれぞれ「風のように足の速い」アエロ、「速く飛ぶ」オキュペテ、「黒い女」ケライノといいます。本来はつむじ風の精たちであるといわれています。

ハルピュイアは、物をもち上げまき散らす嵐やつむじ風を、精霊や怪物として表したものといわれます。

ヒュドラ

**9つの頭をもつ巨大なヘビの怪物
ヘラクレスに頭を落とされ退治される**

怪物テュポン（→ p.85）と、怪物エキドナの子です。英雄ヘラクレス（→ p.116）に、12の難行の1つとして退治されました。レルネーの沼でヒュドラと戦ったヘラクレスは、剣で9つの首を次々に切り落としました。ところが、切り口からは首が2つになって生えてきます。そこで、おいのイライオスが、切り口にたいまつの火をおし当てて焼くと、もう首が生えなくなり、退治することができました。

ヒュドラとおばけガニ

ヒュドラとヘラクレスの戦いのとき、沼からおばけガニが現れ、ヘラクレスの足をはさもうとしましたが、すぐにふみつぶされてしまいました。退治されたヒュドラとおばけガニは、女神ヘラ（→ p.117）が、ヘラクレスを苦しめたほうびとして、うみへび座とかに座にしたということです。

9つの頭と2つの尾をもつ怪物で、兄弟にはケルベロス（→ p.55）やキマイラ（→ p.42）などがいます。

毒の息をはいたといいます。

出典 ギリシャ神話
別名 ヒドラ、ハイドラ
（読み方のちがい）
大きさ 家くらいの大きさ

白虎
びゃっこ

**中国の四神の1つで白いトラの姿
西の方角を守り秋を表す聖獣**

　古代中国で信仰された、4つの方角を守る四神（4つの聖獣）（→ p.77）の1つで、西の方向からの悪霊などを追いはらい、土地や人々を守ります。秋の季節を象徴し、色は白で表されます。古墳の壁画などでは、頭がトラで体は竜のような姿でえがかれています。災難を遠ざけ、幸運を近づける力をもちますが、戦いをつかさどる、気性のはげしい神でもあります。

白いトラの姿をした聖獣です。

出典 中国神話、伝承
別名 なし
大きさ トラと同じくらい

プロメテウス

**人間に知恵と技術をもたらした神
代わりに地獄の罰を受ける**

　ティタン（巨人）族の神で、兄弟にアトラス（→ p.12）などがいます。文字、数学、建築、造船、牧畜など、あらゆる知恵と技術を人間にさずけたといわれます。ゼウス（→ p.78）をだまして人間に火をあたえたため、岩にくさりでつながれ、大ワシに肝臓を食べられる罰を受けました。プロメテウスは不死身のため、肝臓は次の日にもとにもどり、また食べられます。この責苦は、ヘラクレス（→ p.116）に助けられるまで続きました。

プロメテウスは人間に同情して火をあたえましたが、人間たちは火を使って戦争をするようになってしまいました。

出典 ギリシャ神話
別名 なし
大きさ いろいろな大きさとされる

ハ〜ホ

105

フェニックス

舞うように飛び、光りかがやく不死の鳥
火につつまれて燃え、灰の中から復活する

　エジプト神話や、ヨーロッパの伝説に登場する聖なる鳥です。日本では「不死鳥」「火の鳥」などともよばれています。もとは、エジプト神話のベンヌという霊鳥といわれています。ベンヌは死と復活をくり返すことから、太陽神ラー（→ p.135）と深く結びつけられていました。ギリシャに伝わると、真っ赤な鳥フェニックスとなり、のちには、みずから火に飛びこんで復活する習性が強調されるようになりました。

出典 エジプト神話、ヨーロッパの伝説
別名 不死鳥、火の鳥（日本）
大きさ 大きなワシくらい

豆ちしき

フェニックスに似た鳥たち

　ロシアの昔話には、翼が炎のようにかがやく「火の鳥」が登場し、主人公を助けます。漫画家・手塚治虫の『火の鳥』には、フェニックスや鳳凰をモデルとしたような鳥が登場します。また、アメリカの先住民には雷をおこす、ワシに似た「サンダーバード」という鳥が伝わります。朱雀（→ p.69）も火を象徴しています。

朱雀

豆ちしき

復活、再生の象徴

フェニックスは火に飛びこみ、死んで復活します。そのことがキリスト教ではイエス・キリストの受難と復活とに結びつけられ、復活や再生の象徴となりました。

燃えるような赤と金色の羽根で、美しい声で鳴くといわれます。

フェニックスは、500年ごとに自分自身をほのおで焼き、灰の中からよみがえります。一羽が生まれ変わり続けるため、フェニックスは一羽しか存在しません。

ハ〜ホ

フェンリル

北欧神話のどう猛な怪物狼
最終戦争でオーディンを飲みこむ

邪神ロキ（→p.136）と霜の巨人族の女アングルボダとのあいだの、怪物三きょうだいの長男です。きょうだいをおそれた神々は、次男のヨルムンガンド（→p.134）と妹のヘル（→p.118）を追放。フェンリルだけが残されましたが、あまりにどう猛なため魔法のロープで地下の岩にしばりつけ、口には剣を差しこんでかみつけないようにしました。しかし、最終戦争「ラグナロク」（→p.136）が起こると、ロープをくいちぎり、にげ出しました。

出典	北欧神話
別名	フェンリス
大きさ	とても大きい

豆ちしき

フェンリルの最期
神々と霜の巨人族との最終戦争「ラグナロク」では、フェンリルは、下あごは大地にふれ、上あごは天に達するほどの大口をあけ、オーディン（→p.36）を飲みこんでしまいます。しかし、オーディンの息子ヴィーダルにつかまり、あごを上下に引きさかれてフェンリルは死んでしまいました。

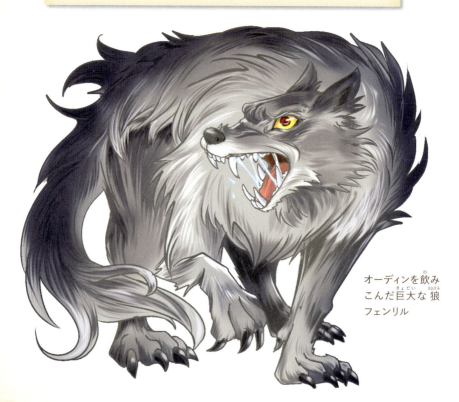

オーディンを飲みこんだ巨大な狼
フェンリル

ブラフマー

ヒンドゥー教の三大神の一人
世界の創造をつかさどる神

世界を維持する神ヴィシュヌ（→ p.26）、破壊と再生の神シヴァ（→ p.64）とともに三大神（→ p.26）の一人です。ブラフマーは創造の神で、まず神々から始まり、動物や人間たち、続いて、世の中のあらゆるものを生み出しました。すべてをつくりだしたあとは、維持をヴィシュヌに任せました。重要な創造神であるブラフマーですが、ヴィシュヌとシヴァの二神へ信仰が集まるにつれ、人気や重要度が下がってしまいました。

豆ちしき

ヴィシュヌから生まれた

神々の人気も時代ごとに変化します。ヴィシュヌを中心とした神話では、ブラフマーは、ヴィシュヌが寝ているときにへそから生えたハスの花から生まれたことになっています。ブラフマーは、ヴィシュヌの影響のもとで、世界を創造したことになりました。

- **出典** ヒンドゥー教神話
- **別名** 梵天（仏教）
- **大きさ** いろいろな大きさとされる

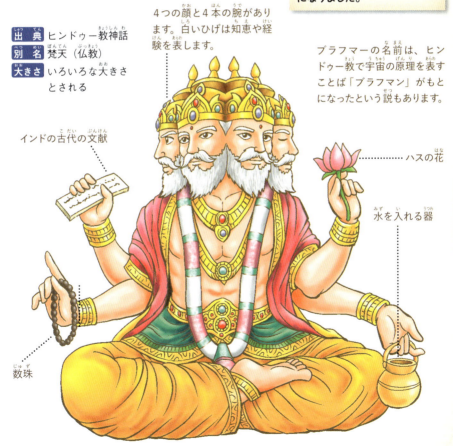

- インドの古代の文献
- 数珠
- 4つの顔と4本の腕があります。白いひげは知恵や経験を表します。
- ハスの花
- 水を入れる器

ブラフマーの名前は、ヒンドゥー教で宇宙の原理を表すことば「ブラフマン」がもとになったという説もあります。

109

フレイとフレイヤ

北欧神話の豊穣の神フレイ
愛と美の女神フレイヤ

出典 北欧神話
別名 ユングビ（フレイの別名）、マルドッル、ホルン、ゲヴン、スュールなど（フレイヤの別名）
大きさ いろいろな大きさになる

フレイ（兄）とフレイヤ（妹）は双子の神です。北欧の古くからの神々であるヴァン神族ですが、のちにアース神族（→ p.137）にむかえられました。フレイの名前は「主人」、フレイヤは「女主人」を意味します。フレイは、温厚な性格で豊穣をつかさどり、日光と雨を支配していました。フレイヤは、ギリシャ神話のアフロディテ（→ p.14）に似て、もっとも美しい女神といわれ、愛と美、誕生と死、豊穣をつかさどり、ヴァン神族に伝わる魔法の使い手でもありました。

フレイとフレイヤは人々に好まれ、スウェーデンやノルウェー、デンマークには、名前にちなんだ地名が数多くあります。

フレイ
豊かな実りの神です。ラグナロク（→ p.136）ではスルト（→ p.73）と戦っておされました。

フレイヤ
フレイヤはヴァルキューレ（→ p.22）の長でもありました。

ひとりでに戦うという魔法の剣

ブリーシンガメンという首かざり

ヘイムダル

**最高神オーディンを父にもつ光の神
ラグナロクに備える神々の最強の見張り番**

母親は海の波の女神の9人姉妹です。ヘイムダルは、鳥よりもねむりが短く、夜も昼も遠くまで見通せる目をもち、耳は野原の草や羊の毛がのびる音まで聞くことができました。この能力を生かし、アースガルド（天界）とミッドガルド（地上）を結ぶビルロスト（虹の橋）の番人をつとめ、最終戦争ラグナロク（→ p.136）のときには、敵が来るのをすべての神々に知らせました。

豆ちしき

ラグナロクを知らせる

世界樹ユグドラシル（→ p.36）にかくしていた角笛ギャラルホルンで、神々にラグナロクの始まりを知らせました。戦闘では、ロキ（→ p.136）と一対一での戦いの末、相打ちになってたおれました。

ギャラルホルン
すべての世界に聞こえる音を出すという角笛。

ヘイムダルは地上と天界を結ぶ虹の橋の近くにある館にいて、すべての世界を見張っていました。

出典	北欧神話
別名	ハリンスキディ、グリンタンニ
大きさ	いろいろな大きさになる

ハ〜ホ

ペガサス

翼をもった不死身の天馬
怪物メドゥーサの血から生まれる

　翼をもち自由に空を飛ぶ馬です。英雄ペルセウス（→ p.119）が、メドゥーサ（→ p.58）の頭を切り落としたときに、首から飛び散った血から生まれました。父親は海神ポセイドン（→ p.121）といわれています。ペルセウスはメドゥーサの頭をふくろに入れ、ペガサスに乗って飛び去りました。ペガサスは不死身で、その血は死者をよみがえらせる力をもっていました。また、大地を蹴ると泉がわくといわれました。

出典	ギリシャ神話
別名	ペガソス、天馬
大きさ	馬よりも大きい

ヒッポカムポス

上半身は馬、下半身は魚の姿
海神ポセイドンの水上の戦車を引く

　古代ギリシャ語で、ヒッポスは「馬」、カムポスは「魚」のことです。姿は大きなタツノオトシゴのようで、たてがみのかわりにひれや海藻、前足の先はひづめではなく水かきで表されることもあります。性質はおだやかですなお、水中をすばやく移動して、敵に向けて口から水をふき出します。天気を自由にあやつり、ペガサスと同じように不死身です。

出典	ギリシャ神話
別名	なし
大きさ	馬と同じくらい

　海にすむ魚類のタツノオトシゴは、英語でシーホース（海の馬）といい、学名はヒッポカムポスです。古くはタツノオトシゴがヒッポカムポスの赤ちゃんと考えられていました。

水かき

112

星座のペガサス

ペガサスの姿は秋の代表的な星座になっています（星座名ではペガスス座）。近くには英雄ペルセウスや、ペルセウスがペガサスとともに救ったアンドロメダ姫の星座もあります。

ペガサスは、英雄ベレロフォンのキマイラ（→ p.42）退治でも、ベレロフォンを乗せて活躍しました。

フンババ

**レバノン杉の森にすむ怪物
ギルガメシュと戦い敗れる**

森にすむ巨人です。もとは森を守る自然の精霊とされていました。伝説によると、ギルガメシュ（→ p.44）が都市の建物をつくるために、レバノン杉を切って取ってこようと森に入ったとき、フンババがおそいかかってきました。はげしい戦いの末フンババはたおされ、ギルガメシュは森を手に入れました。フンババは、のちにギリシャ神話のゴルゴン（→ p.58）の怪物の物語に影響をあたえたともいわれています。

出典	メソポタミア神話
別名	フワワ
大きさ	大木ほどの大きさ

姿はあまり定まっておらず、いろいろな説があります。

ヘパイストス

**オリンポス十二神の一人
ほのおと鍛治をつかさどる神**

女神ヘラ（→ p.115）が生んだ子で、顔つきはみにくく、両足はねじれていました。その原因は、ヘパイストスをきらったヘラが、オリンポス山から海へ投げ入れたためともいわれています。しかし海の精霊に助けられ、海の洞くつで鍛治や職人の技術を学びながら成長しました。ヘパイストスが、その魔法のような技術で武器や道具類をつくると、神々からもみとめられるようになりました。

出典	ギリシャ神話
別名	ウルカヌス
大きさ	いろいろな大きさとされる

ゼウス（→ p.78）の命令で、粘土から最初の人間の女性パンドラをつくったのもヘパイストスでした。

ヘラ

オリンポス十二神の一人
女神の最高神で結婚と出産の神

クロノス（→ p.52）と女神レアの娘で、名前の意味は「貴婦人」。ギリシャ神話の神々の女王であり、結婚と母性をつかさどります。神話ではゼウス（→ p.78）の浮気におこる姿が多く、怒りは、おもに浮気相手やその子どもへ向けられました。アルテミス（→ p.12）に仕えたニンフ（→ p.94）のカリストはクマに姿を変えられ、ディオニュソス（→ p.83）の母セメレーは、ヘラにだまされて焼け死にました。ゼウスの子ヘラクレス（→ p.116）も一生苦しめられました。

出典 ギリシャ神話
別名 ジュノー（ローマ神話）
大きさ いろいろな大きさとされる

豆ちしき
ヘラの子どもたち
ゼウスとのあいだに、鍛冶の神ヘパイストス（→ p.114）、軍神アレス（→ p.17）、出産の女神エイレイテュイア、青春の女神ヘーベーを生みました。

クジャクを聖なる鳥として従えています。

ギリシャ神話の女神たちの最高神です。

ヘラクレス

ギリシャ神話の中の最強の英雄
ゼウスと人の子で12の難行を成しとげる

最高神ゼウス（→ p.78）とアルゴスの王女アルクメネーとのあいだに、神と人の子として生まれました。ゼウスの妻ヘラ（→ p.115）にきらわれ、呪われたことにより、気がおかしくなったヘラクレスは、3人の自分の子を火に投げこんで殺してしまいました。その罪をつぐなうため、エウリュステウス王の命令で12の難行に出かけることになります。そして、数々の試練に打ち勝ち、すべてをやりとげました。

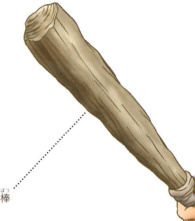

武器である、こん棒

豆ちしき

ヘラクレスの12の難行

1　ネメアの森のライオン退治
2　レルネーの沼のヒュドラ退治（→ p.104）
3　ケリュネイアの聖なる鹿の生け捕り
4　エリュマントス山のイノシシの生け捕り
5　アウゲイアス王の巨大な牛小屋のそうじ
6　ステュンファロス沼の怪鳥退治
7　クレタ島の牡牛の生け捕り
8　ディオメデス王の人食い馬の生け捕り
9　アマゾネスの女王の帯をうばう
10　怪物ゲリュオンの飼う牛の生け捕り
11　ヘスペリデスの黄金のリンゴをうばう（→ p.12）
12　冥界の番犬ケルベロスの生け捕り（→ p.55）

出　典	ギリシャ神話
別　名	ハーキュリーズ（ローマ神話）、エルキュール（フランス語）
大きさ	人間よりも大きい

退治したネメアの
ライオンの毛皮

 ヘラクレスの最期

12の難行の後も冒険を続けたヘラクレスは、ヘラのたくらみで、ヒュドラの毒のしみこんだ服を着てしまい、もがき苦しみます。ヘラクレスは息子たちに手伝わせて自分自身を燃やし、苦しみからのがれることができました。体を失いましたが、不死身の部分は天界へ召されて神になったということです。

ヘラクレスは、とてつもない怪力をほこる英雄です。

ハ〜ホ

名前は後からつけられた

もとはアルカイオスという名前でしたが、ヘラからのさまざまな試練を乗りこえたことから、アポロン（→ p.15）によって「ヘラの栄光」という意味のヘラクレスの名でよばれるようになりました。

117

ヘル

**体の半分が死者、もう半分は神
北欧神話の冥界の支配者**

悪さをする神ロキ（→ p.136）と霜の巨人族の女アングルボダとのあいだに生まれた三きょうだいの末の娘。ヘルは体の半分が生きていて、半分が死んでくさっていました。長男のフェンリル（→ p.108）は巨大狼、次男ヨルムンガンド（→ p.134）は巨大なヘビという、おそろしいきょうだいで、神々によって追放されました。地底の奥底へと落とされたヘルは、そこに死者の集まる冥界「ヘル」（→ p.36）をつくりました。

オーディン（→ p.36）のヴァルハラには名誉ある戦死者が集められましたが、「ヘル」には不名誉な死に方をした者が送られました。キリスト教の地獄の名も「ヘル」が使われました。

出典	北欧神話
別名	なし
大きさ	いろいろな大きさとされる

ベルゼブブ

**キリスト教で信じられる大悪魔「ハエの王」
サタンにならぶ邪悪な存在**

もとは西アジアで崇拝された、ハエなどの害虫をあやつり農作物から遠ざけて守る神だったといわれています。しかし、キリスト教が広まると、サタン（→ p.62）とともに追放された堕天使となり、大悪魔となりました。汚物や死、みにくさなどをつかさどり、キリスト教では人間を「大食（暴食）の罪」に導きます。16世紀には、ベルゼブブが女性に取りついたとされ悪魔ばらいが行われたという記録があります。

「ハエの王」として、しばしばハエに似た怪物の姿でえがかれます。

出典	キリスト教
別名	ベルセブル、ベルゼビュート
大きさ	いろいろな大きさとされる

ペルセウス

最高神ゼウスとダナエの息子
半分は神、半分は人間の英雄

ペルセウスは、ゼウス（→ p.78）と人間の女性ダナエのあいだに生まれました。「娘ダナエの子が王を殺す」という予言をおそれた都市国家アルゴスの王アクリシオスは、母と子を箱に入れて海に流してしまいます。しかし、二人はセリボス島に流れ着き、ペルセウスは勇気と知力をそなえた若者に成長しました。やがて冒険に出たペルセウスは、メドゥーサ（→ p.58）退治やアンドロメダ姫の救出などを成しとげ、ギリシャ神話の英雄となりました。

アンドロメダ姫の救出

メドゥーサ退治の帰り道、ペガサス（→ p.112）に乗ったペルセウスが海岸を通ったとき、海の怪物がいけにえのアンドロメダ姫を食べようとしていました。ペルセウスは、もっていたメドゥーサの首を見せて怪物を海岸の岩に変え、姫を救い出しました。

- ハデス（→ p.101）から借りた姿をかくすかぶと
- アテナから借りた表面が鏡のようになったたて
- ふくろに入れたメドゥーサの首
- メドゥーサを退治したときのペルセウス
- ヘルメス（→ p.120）からもらった翼のついたサンダル

出典　ギリシャ神話
別名　なし
大きさ　人間と同じ

ベヒモス

神のつくった巨大な陸の獣
強大な力をもった悪魔の一種

『旧約聖書』に登場する陸にすむ巨大な獣で、海の獣のレビアタン（→ P.138）とともにくわしく語られています。ベヒモスは神がペットにするためにつくり出した獣で、その姿は牛、またはゾウとカバが合体したようであるといわれます。大きな体で強大な力をもち、たおすことができるのは神だけです。見えない砂漠ダイダインにすむといわれています。のちにキリスト教では悪魔の一種になっています。

ベヒモスは牛のように草を食べ、腰や腹の力がとても強く、尾は杉の木、骨は青銅の管のようで、手足は鉄の棒のようだったといわれています。

出典	『旧約聖書』、ユダヤ教、キリスト教の伝承
別名	ベヘモト、バハムート
大きさ	山のように大きい

ヘルメス

オリンポスの十二神の一人
商業や牧畜の神で旅人の守り神

最高神ゼウス（→ p.78）と、アトラス（→ p.12）の娘マイアとの子です。ゼウスの命令をあちこちへ伝える使者をし、ときにはゼウスのために知恵をはたらかせて取引や交渉などもしました。ほかの役割も多く、どろぼうや商人などの守護神であり、科学や発明の神でもあります。また、天界、地上、冥界を自由に行き来でき、旅人の安全を守ったり、死者の魂を冥界へ導いたりもしました。錬金術や占星術の神にもなりました。

ヘルメスは神々の使者もつとめました。

翼のついたぼうし

翼のついたサンダル

使者であることを表すつえ

出典	ギリシャ神話
別名	メルクリウス、マーキュリー（ローマ神話）
大きさ	人間と同じことが多い

ポセイドン

オリンポスの十二神の一人 ゼウスの兄で海の支配者

　最高神ゼウス（→ p.78）にならぶ力をもつ海の神です。川や泉などの神でもあり、ときに地震を引き起こす神としてもおそれられています。気が荒く女性好きで、海神トリトンなど子どももたくさんいます。ポセイドンは、弟ゼウスとともに、父クロノス（→ p.52）たちティタン（巨人）族と戦い勝利しました。戦いの後にハデス（→ p.101）をふくむ兄弟で世界を分けたとき、ポセイドンは海を受けもつことになりました。

三つまたのほこトリアイナで、大波を起こすなど海を自在にあやつることができます。

ポセイドンのほこ

　ポセイドンは「トリアイナ（トライデント）」という三つまたのほこを持ちます。ほこは、ゼウスが助けたキュクロプス（→ p.41）に、お礼として、ゼウスの「ケラウノス（雷）」などといっしょにつくってもらったものです。

ポセイドンは、黄金のイルカやヒッポカムポス（→ p.112）が引く馬車で海を進みます。

出典	ギリシャ神話
別名	ネプチューン、ネプトゥヌス（ローマ神話）
大きさ	いろいろな大きさになることができる

ハ〜ホ

121

ホルス

ハヤブサの頭をもつ天空、太陽の神
オシリスの子でもっとも偉大な神

　ホルスは、本来は天空を支配するハヤブサの姿の神でした。時代が下るにつれて、さまざまな地域や歴代の神々と合わさった結果、多くの役目と性格をもつ偉大な神として崇拝されるようになったと考えられています。ラー（→ p.135）と結びつくと太陽神としての特徴が現れ、右目は太陽、左目は月となり、昼と夜を支配します。また、オシリス（→ p.34）信仰が広まると、オシリスの息子とされました。

　太陽と月を表すホルスの目も信仰を集め、目をえがいたものは護符（お守り）となりました。

出典	エジプト神話
別名	ヘル
大きさ	いろいろな大きさとされる

ファラオとなったホルス

　古代エジプトでは、ファラオ（王）は太陽神ラーの化身とされていました。ラーと同一視されたホルスも、ファラオの祖先とされました。また、セト（→ p.81）をたおし、父オシリスの敵討ちを果たしてエジプトの王となったといわれています。

頭はハヤブサ

マルドゥク

メソポタミア神話の最高指導者
天地を創造し、人間も生み出す

水の神エンキと女神ダムキアの子で、生まれたときから強い神としての力と知性を備えていました。原初の海水の女神ティアマト（→ p.82）をたおし、その体から世界をつくりました。次に、神々に代わってはたらくものとして、ティアマトの部下であったキングの血から人間をつくりました。神々はよろこび、その業績によって、マルドゥクは、最高神エンリル（→ p.33）の後継者となり、神々の指導者となりました。

出典 メソポタミア神話
別名 ベル
大きさ いろいろな大きさとされる

輪と棒は王の力を表します。

マルドゥクは天地や人間、生き物などをつくり、神々のリーダーとなりました。

いろいろな役割をもつ

神話の最高神の多くは、一人にさまざまな役割があたえられています。マルドゥクも太陽神、農耕神、呪術と医療の神、嵐の神、英雄神などとなり、うらないでは木星の守護神になっています。

ハ〜ホ
マ〜モ・ヤ〜ヨ

123

マンティコア

人をおそう古代ペルシャの怪物
顔は人間、ライオンの体にサソリの毒

エジプトのスフィンクス（→ p.70）にも似た怪物で、人のような顔にライオンの体、尾の先はサソリとなっています。性質はどう猛で、人間をおそって食べ、鋭い歯は一かみで相手に致命傷をあたえました。尾の毒も強力で、ゾウ以外は刺されると即死しました。名前は「人食い」を意味する古代ペルシャ語です。古くからヨーロッパの博物学の本などで紹介されてきました。

出典	古代ペルシャの伝承
別名	マンティコラ、マンティコラス
大きさ	大きなライオン、またはロバくらい

マンティコアはインドにいたともいわれます。ほえ声は、ラッパのように遠くまで聞こえたといわれています。

体はオスのライオン

人のような顔ですが、するどいきばがあります。

するどいつめ

ラマッス

頭は人で翼をもつ牛の姿の精霊
神殿、宮殿の入り口に置かれた守護神

出典 メソポタミア神話、伝承
別名 ランマ、ラマストゥ
大きさ 大きい牛くらい

メソポタミア南部で信仰されていた精霊で、顔は人間、体はオスの牛やライオンで、ワシの翼をもちます。悪いものをはらい、牛の体は豊かさを表すといいます。神殿や宮殿の守護神であり、神と人間の間に立ち、人々を先導し守る役目もありました。ラマッス像は、古代メソポタミア文明の象徴ともなっています。

ワシの翼

頭は人間

体はオスの牛
（ライオンのこともあります）

ひげをはやしたラマッスですが、女性の精霊です。姿は同じですが性別があり、女性をラマッス、男性はシェードゥとよばれていました。

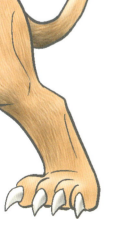

尾もライオンですが、先にサソリのような毒針があります。

豆ちしき

マンティコアの正体

マンティコアが実在するかどうか、古くから議論されてきました。マンティコアの正体は、アフリカのワニではないか、またはインドの人食いトラの話が怪物の話になって伝わったのではないかとも考えられました。

マンドレイク

別名をマンドラゴラという、じっさいにあるナス科の多年草です。複雑にのびる根は人間の姿に似た形にもなります。幻覚を起こす毒をもち、古くは麻酔薬や薬として使われました。その形と毒性から、特別な力をもつものとされ、古代から魔法の儀式や呪術などに使われました。言い伝えでは、根の形によって、人に愛情を芽生えさせることや不老不死の効果があるともいいます。

**魔力をもつといわれる植物
根が人間の姿にもなる毒草**

出典	ヨーロッパやアジアの伝承、『旧約聖書』、小説ほか
別名	マンドラゴラ
大きさ	地上部分は高さ約30cm

実物のマンドレイク（マンドラゴラ）には、毒はありますが魔力はありません。

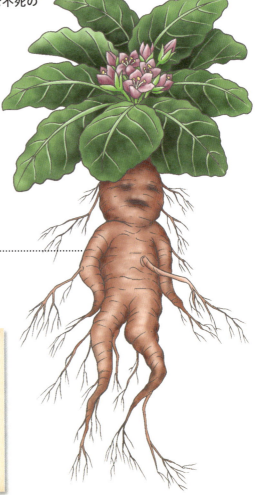

人の形をした根

危険な採取方法

言い伝えでは、土から引きぬくと、人間の姿の根が大きな悲鳴をあげ、聞いた人は正気を失って死んでしまうともいわれていました。そのため、なわを使い犬に引きぬかせたといいます。引きぬいた犬は死んでしまいました。

ミイラ

**死体が生き返った怪物
小説や映画、まんがなどで広まる**

ミイラとは、ある条件のもとで体の皮ふや筋肉、内臓などがくさらずに残った、人間や動物の死体のことです。偶然にできる場合と、古代エジプトのように人工的につくられる場合があります。伝承や小説、ホラー映画では、深いうらみや思いを残して死んだ人がミイラになって生き返り、うらみを晴らしたり思いをとげたりします。生き返るには呪文が必要な場合があります。弱点は太陽の光や火といわれています。

出典	伝承、小説、映画ほか
別名	マミー、漢字では「木乃伊」
大きさ	人間と同じ

実物のミイラは古代エジプトのものが有名ですが、古くは世界各地でつくられました。日本にもあります。

ミイラどろぼう

ミイラは長寿や万能の薬として、高値で取り引きされた時代がありました。そのため、エジプトでは、墓あらしに埋葬品だけでなくミイラもぬすまれていました。

包帯を巻いたミイラが多いですが、死んだ場所などによっていろいろな姿をしています。

マ〜モ・ヤ〜ヨ

127

黙示録の獣

サタンである赤いドラゴンと獣
最終戦争でキリスト教徒をほろぼそうとする

　キリスト教の『新約聖書』の中の『ヨハネ黙示録』には、赤いドラゴン（→ p.88）となったサタン（→ p.62）と、海中から現れる第一の獣、地中から現れる第二の獣が登場します。この獣たちをサタンがあやつり、キリスト教徒たちに「世界の終わりが来る」と恐怖を植えつけて、信じることをやめさせようとします。しかし、サタンは大天使ミカエルとの戦いに敗れ、獣たちとともに地上に投げ落とされました。

出典	『新約聖書』
別名	なし
大きさ	とても大きい

頭は7つで合計10本の角があります。

サタンが変身した、頭が7つある赤いドラゴン

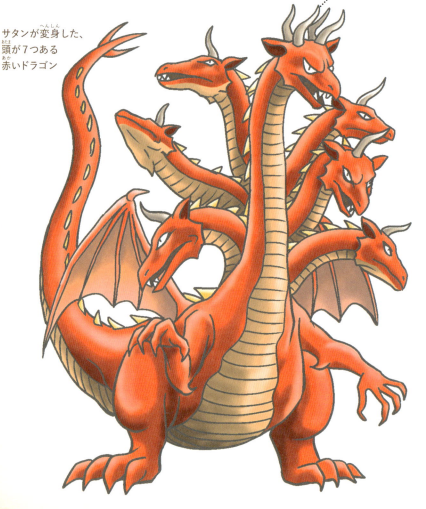

128

豆ちしき 『ヨハネ黙示録』とは

1世紀ごろに、キリストの弟子ヨハネ、または近い人物が書いたとされる、『新約聖書』の最後に記されている書です。この世の終末、最後の審判の後の神の国の到来などについて予言的に書かれています。黙示録は、当時ローマ皇帝と帝国に迫害されていたキリスト教徒たちに、「最後には神が勝つ」と伝える啓蒙書であったといわれています。「黙示」とは、はっきりいわないで間接的に示すことで、獣は敵対するローマをたとえたものといわれています。

豆ちしき 「ハルマゲドン」は地名から

ハルマゲドンとは、黙示録の世界の最後の日に最終戦争があった場所の名前です。もとはパレスチナにある古代都市「メギドの丘」をさすヘブライ語で、ギリシャ語に音訳されてハルマゲドン（英語ではアーマゲドン、アルマゲドン）となりました。最終戦争の場所であることから、この名前が、現在でいえば核戦争のような、世界をほろぼす破滅的な状況を表すことばとなりました。

第一の獣（左のイラスト）は、サタンからさずけられた7つの頭と10本の角があり、体はヒョウ、足はクマ、顔はライオンのようといいます。第二の獣は子羊に似た2本の角をもつといわれています。

第一の獣

顔はライオン

体はヒョウ

足はクマ

マ〜モ・ヤ〜ヨ

129

ミノタウロス

人間と牡牛のあいだに生まれた半人半獣の怪物 クレタ島の迷宮「ラビュリントス」の住人

クレタ島の王妃パシパエと、海神ポセイドン（→ p.121）がミノス王に送った牡牛とのあいだに生まれた、牡牛の頭と人間の体をもつ怪物です。ミノス王は、王に仕える天才発明家のダイダロス（→ p.18）に迷宮「ラビュリントス」をつくらせ、ミノタウロスを閉じこめました。そして、数年ごとに、アテネから人間のいけにえを連れてきて食べさせていました。しかし、アテネからやってきた若者テセウスに退治されました。

- 出典　ギリシャ神話
- 別名　なし
- 大きさ　身長2〜3mくらい

豆ちしき

迷宮からの脱出方法

テセウスに心をひかれたミノス王の娘アリアドネは、テセウスに迷宮の脱出法を教えました。テセウスは赤い糸を入り口にくくりつけて糸玉を持って迷宮に入り、ミノタウロスを退治すると糸をたどってもどってきました。

頭は牡牛で体は人間の怪力の怪物です。

ユニコーン

**1本の角をもつ白馬に似た生き物
美しい姿でやさしいが、気性が荒い面も**

姿は白馬に似ていて、ひたいの真ん中に1本のらせん状にのびた角をもっています。名前も「1本の角」という意味があります。走る速度は馬よりも速く、性質はきわめてどう猛で勇敢、どんな相手にも向かっていき、とがった角はゾウでもたおすといわれていました。また、角は毒を消したり、病気を治したりすると信じられたので、人々は角を手に入れるために、さまざまな方法でユニコーンをつかまえようとしました。

出典 南アジア、西アジア、ヨーロッパの神話・伝承、プリニウス『博物誌』、聖書ほか
別名 なし
大きさ 馬と同じくらい

豆ちしき
ユニコーンの角の正体
古くから王や貴族のあいだで、ユニコーンの角といわれるものが薬として使われましたが、それは北極圏の海にすむイッカク（一角）というハクジラのきばでした。

角は、ぐるぐるとらせん状に巻きながらのびています。

マ〜モ・ヤ〜ヨ

ヤマタノオロチ

日本神話に登場する巨大なヘビ
8つの頭と8つの尾をもつ

　出雲国（現在の島根県）にすむという大蛇の怪物です。「オロチ」は大蛇のことです。1つの体に8つの頭と8つの尾をもち、真っ赤な目をしていました。体は8つの山にかかるほど巨大で、胴体にはヒノキやスギが生えていたといわれています。山の老夫婦の娘が毎年順番に一人ずついけにえにされており、末の娘クシナダヒメを食べようとしたところを、天から降りて出雲に立ち寄ったスサノオに退治されました。

出典	日本神話（『古事記』『日本書紀』）
別名	漢字では「八岐大蛇」「八俣遠呂智」
大きさ	山8つ分以上

ヤマタノオロチは、農耕の水を支配する水神であるともいわれています。

8つの頭

退治した方法

　スサノオは8つのかめに強い酒を入れ、ヤマタノオロチの8つの頭が酒を飲んで、よってねむったところを剣で切りきざんで、退治に成功しました。

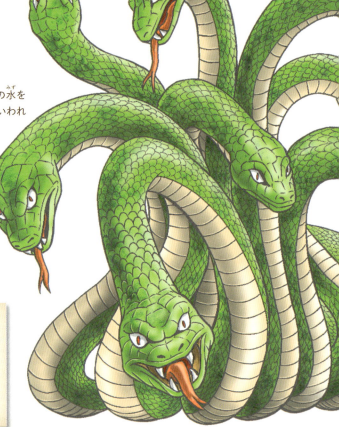

スサノオ

アマテラスの弟であばれんぼう ヤマタノオロチ退治で英雄に

アマテラス（→ p.16）の弟です。神々のすむ高天原でくらしていたスサノオは、大あばれをしたためアマテラスに追い出されてしまいます。地上での旅の途中、スサノオは老夫婦から娘のクシナダヒメがヤマタノオロチへのいけにえにされるという話を聞くと、クシナダヒメを嫁にする代わりにオロチ退治を約束しました。約束を果たしたスサノオはクシナダヒメと出雲でくらすことになりました。

8つの尾

ヤマタノオロチを退治して得た天叢雲剣

腹にはつねに血がしたたっていたともいわれます。

出典 日本神話（『古事記』『日本書紀』）

別名 正式名は速須佐之男命、ほかに「須佐之男命」、「須佐能男命」とも書く

大きさ 人間と同じ

豆ちしき
スサノオとオオクニヌシ
スサノオとクシナダヒメの子孫に、因幡の白うさぎの話で知られるオオクニヌシ（大国主命）がいます。現在も出雲大社にまつられています。

豆ちしき
尾から出てきた神剣
スサノオがヤマタノオロチを退治したとき、尾から1本のりっぱな剣が現れました。のちの「三種の神器」の1つ天叢雲剣です。草薙剣ともよばれます。ただならぬ霊力を感じたスサノオは、剣をアマテラスに献上しました。

133

ヨルムンガンド

北欧神話の最大最強のヘビの怪物トールと相打ちになる

ロキ（→ p.136）と霜の巨人族の女アングルボダの次男です。兄はフェンリル（→ p.108）、妹は冥界の支配者ヘル（→ p.118）です。神々はこのきょうだいを追放することに決め、ヨルムンガンドはオーディン（→ p.36）が海に投げ捨てました。しかし、海の中で人間の世界「ミッドガルド（→ p.36）」を取り巻くほどの大きさに成長しました。最終戦争「ラグナロク」（→ p.136）では、トール（→ p.90）と相打ちになり死にました。

出典	北欧神話
別名	なし
大きさ	人間界を取り巻く大きさ

豆ちしき

女神ノルンの予言

神々がヨルムンガンドらをおそれたのは、運命の女神ノルンが「いずれ怪物のきょうだいが神々に脅威をもたらす」と予言したからでした。「ラグナロク」で予言は現実となりました。ヨルムンガンドはトールのミョルニルで頭をくだかれますが、トールもヨルムンガンドに毒をふきかけられ死んでしまいました。

巨大なヘビの怪物
ヨルムンガンド

ラー

エジプトでもっとも崇拝される太陽神
日ごとくり返されるラーの死と復活

　太陽の化身である太陽神は、世界中のどの神話でもとくに重要な存在です。エジプトの太陽神ラーも、最高の権力と万能の力をもちます。ラーは天空の神ヌト（→ p.95）から生まれると、太陽の船に乗って移動し、人々に光と熱という太陽のめぐみをあたえます。夜に一度死んで、夜の船に乗り冥界を旅するとふたたび生まれます。毎日くり返される日の出と日没は、ラーの誕生と死の永遠のくり返しと考えられていました。

出典	エジプト神話
別名	レー、アトゥム＝ラー、アメン＝ラー
大きさ	いろいろな大きさになる

太陽と王の力を象徴する冠

ハヤブサの頭部

ハヤブサの頭をもった人の姿で表される、太陽神ラー

アトゥムとラー

　創造神アトゥム（→ p.11）と同じく、ラーはどの神よりも早く誕生したという神話をもつことなどから、2つの神を1つにして「アトゥム＝ラー」ともよばれるようになりました。また、のちの時代の神アメンとも同じように「アメン＝ラー」ともよばれました。

マ～モ・ヤ～ヨ　ラ～ロ・ワ

ロキ

北欧神話でいちばんのずるがしこい神
さまざまな事件を起こし、最終戦争で神々と戦う

　神々の宿敵である霜の巨人族の血を引く神です。ロキは、うそつきで道徳心のない性格で、しばしばオーディン（→ p.36）たちアース神族を困難に落とし入れました。ときには、ずるがしこさを発揮して神々を助けることもあったため、オーディンやトール（→ p.90）もロキを仲間としてみとめている不思議な関係にありました。しかし、悪さが度をこえていくロキの行動が、神々と霜の巨人族との最終戦争「ラグナロク」へとつながりました。

出典 北欧神話
別名 ロフト
大きさ いろいろな大きさになる

　ロキは、もとは火の神だったといわれています。また、人や生き物などに変身することも得意でした。変身して人をだましたり、いろいろないたずらや事件を起こしたりしました。

ラグナロクとは
　北欧神話の世界で語られる、予言されていた戦いと神々の滅亡（世界の滅亡）のことです。霜の巨人族とアース神族とのあいだで、壮絶な最終戦争がくり広げられ、世界が滅亡して終わりました。ラグナロクの後、世界が復活すると、生き残ったものたちはそこでくらすようになりました。

ロキの最期
　ロキは、オーディンの息子バルドルを殺した罰として、岩につながれ、少しずつ毒を受けていましたが、ラグナロクのときには、にげ出して神々に敵対して戦いました。最後はヘイムダル（→ p.111）と相打ちとなり、死んでしまいました。

アース神族とは
　北欧神話の最高神オーディンをリーダーとする神々で、世界の中心であるアースガルド（→p.36）にすんでいました。ロキはオーディンと義理の兄弟となって、神々とアースガルドにすみました。トールと気が合ったといわれています。

ロキのおそろしい子どもたち
　ロキと巨人族の女アングルボダとのあいだには、フェンリル（→p.108）、ヨルムンガンド（→p.134）、ヘル（→p.118）という、おそろしい怪物の三きょうだいが生まれました。

フェンリル

ヨルムンガンド

ヘル

ラ〜ロ・ワ

137

ラクシュミー

最高神ヴィシュヌの妻
人々に幸運をもたらす女神

　富と幸福と愛をつかさどる女神です。夫のヴィシュヌ（→ p.26）が宇宙の善や秩序をつかさどるのに対して、ラクシュミーは日常のくらしのすべてを見守り、豊かなめぐみをもたらします。生きるのに欠かせない水を雨として降らせ、のばした手からは富（金貨）がこぼれ落ちるといわれています。インドでは、幸運をもたらす女神として親しまれ崇拝されています。

ハスの花は神聖さを表します。
腕は4本でえがかれます。

出典	ヒンドゥー教神話
別名	吉祥天（仏教での名前）
大きさ	いろいろな大きさとされる

ラクシュミーは、幸運、美、富をもたらす「吉祥天」として仏教にとり入れられています。

レビアタン

神のつくった巨大な海の獣
火をはき海の水も沸とうさせる

　『旧約聖書』に登場する海の獣で、陸の獣ベヒモス（→ p.120）と対で語られています。神がベヒモスとともにつくった獣で、どんな武器もレビアタンを傷つけることができず、従わせることができるのは神だけです。その姿は、巨大な魚やクジラ、ワニ、または、ヘビや竜としてえがかれました。のちにキリスト教では悪魔の一種となりました。レビアタンは、現代のヘブライ語ではクジラをさします。

出典	『旧約聖書』、ユダヤ教、キリスト教の伝承
別名	リバイアサン（英語）
大きさ	島以上、とても大きい

レビアタンは、力強い体で、石のようにかたい心臓、口にはおそろしいきばが生えています。また、目から光を出し、口からはく火は海の水も沸とうさせるほどと語られています。

138

ワイバーン

**民話や伝説に登場する小型のドラゴン
2本足で翼をもち空を飛ぶ**

ヨーロッパの伝説の怪物として4本足のドラゴン（→ p.88）とともによく知られていて、民話や小説などにも登場します。2本足で体はドラゴンよりも小さく、火をはくこともありません。名前は、古い英語とフランス語のヘビを意味することばに由来します。ワイバーンをデザインした図柄は、古くから家や都市、チームの紋章やマスコットとして人気があります。現在わかっているもっとも古い旗の紋章は11世紀のものです。

出典	ヨーロッパの民話や伝説
別名	ヴィーヴル（フランス語）
大きさ	ドラゴンより小さいことが多い

先のとがった尾と、するどいつめをもつ足があります。

ワーム

**巨大なヘビのような体
足のないドラゴンの一種**

ワームの多くは、頭がドラゴン（→ p.88）に似て、体がヘビのようで地面をはう姿で表されます。凶暴で、長い体で巻きついて人をおそいます。イングランドには、釣ってきた小さなワームが井戸の中で巨大化して、人や家畜をおそうようになり退治されるという「ラムトンワーム」の伝説があります。ドイツに伝わる巨大ヘビの怪物「リンドワーム」や、ゴビ砂漠にいるといわれる「モンゴリアンデスワーム」などが似たものとして知られています。

リンドワームは人をおそうとき、自分の尾を飲みこんで大きな車輪のようになり、転がって追いかけるといわれています。

出典	ヨーロッパの民話や伝説
別名	地名などがついたよび名もある
大きさ	家畜を丸のみするような大きさ

頭はドラゴン、体はヘビのようです。

ラ〜ロ・ワ

お話別さくいん

- お話別に五十音順に並べたさくいんです。名前の後の数字が掲載ページです。もくじとは並び方がちがっています。
- 複数の神話で見られるものもありますが、代表的な神話に入れてあります。

ギリシャ神話

アテナ	8
アトラス	12
アフロディテ	14
アポロン	15
アルテミス	12
アレス	17
イカロス	18
ウラノス	21
エキドナ	43
エロス	14
オリンポスの十二神	8
ガイア	38
キマイラ	42
キュクロプス	41
グリフィン	50
クロノス	52
ケルベロス	55
ケンタウロス	56
ゴルゴン	58
スフィンクス	70
セイレン	75
ゼウス	78
ダイダロス	18
ディオニュソス	83
デメテル	86
テュポン	85
ドリュアス	93
ナイアス	94
ニケ	8
ニンフ	94
ハデス	101
ハルピュイア	103
ヒッポカムポス	112
ヒッポグリフ	51
ヒュドラ	104
プロメテウス	105
ペガサス	112
ヘパイストス	114
ヘラ	115
ヘラクレス	116
ペルセウス	119
ヘルメス	120
ポセイドン	121
ミノス王	130
ミノタウロス	130
メドゥーサ	58

北欧神話

ヴァルキューレ	22
ヴァルハラ	22
エルフ	32

140

オーディン	36
ギャラルホルン	111
グラム	67
グングニル	37
シグルズ	66
スルト	73
スレイプニル	74
トール（ソー）	90
トロル	87
ドワーフ	92
ファーブニル	67
フェンリル	108
フレイ	110
フレイヤ	110
ヘイムダル	111
ヘル	118
ミョルニル	90
ユグドラシル	36
ヨルムンガンド	134
ラグナロク	136
ロキ	136

エジプト神話

アトゥム	11
アヌビス	13
イシス	18
エジプト九柱神	34
オシリス	34
ゲブ	54
スフィンクス	70
シュウ	65
セト	81
テフヌト	83
トト	86

ヌト	95
ネフティス	95
バステト	100
ハトホル	100
フェニックス	106
ホルス	122
ラー	135

ヒンドゥー教神話

ヴィシュヌ	26
ガネーシャ	39
ガルダ	40
クリシュナ	48
クールマ	52
シヴァ	64
ナーガ	94
ハヌマーン	102
パールヴァティー	97
ブラフマー	109
ラクシュミー	138

メソポタミア神話

アスタルト	10
イシュタル	20
エレシュキガル	21
エンリル	33
ギルガメシュ	44
ティアマト	82
バアル	96
パズズ	97
フンババ	114
マルドゥク	123
ラマッス	125

141

日本神話

- アマテラス ……………………… 16
- 天岩戸 …………………………… 16
- 天叢雲剣（草薙剣） ………… 133
- イザナギ ………………………… 19
- イザナミ ………………………… 19
- クシナダヒメ ………………… 133
- スサノオ ……………………… 133
- 高天原 …………………………… 16
- ツクヨミ ………………………… 81
- ヤマタノオロチ ……………… 132

アメリカ大陸の神話

- ククルカン ……………………… 49
- ケツァルコアトル ……………… 53

ケルト神話

- アーサー王 ……………………… 30
- エクスカリバー ………………… 30
- クーフリン ……………………… 45

伝説・伝承などのもの

- アスモデウス …………………… 11
- ヴァンパイア …………………… 24
- ウィル・オ・ザ・ウィスプ …… 20
- ウェアウルフ …………………… 28
- オーガ …………………………… 33
- 麒麟 ……………………………… 45
- クラーケン ……………………… 46
- グール …………………………… 49
- 玄武 ……………………………… 54
- コカトリス ……………………… 99
- ゴブリン ………………………… 60
- コボルト ………………………… 60
- ゴーレム ………………………… 57
- サタン …………………………… 62
- サラマンダー …………………… 61
- 四神 ……………………………… 77
- シルフ …………………………… 65
- ジン ……………………………… 68
- 朱雀 ……………………………… 69
- スライム ………………………… 72
- 青龍 ……………………………… 76
- ゾンビ …………………………… 80
- デーモン ………………………… 84
- 天使 ……………………………… 62
- ドラキュラ ……………………… 24
- ドラゴン ………………………… 88
- ナイトメア ……………………… 93
- ノーム …………………………… 96
- バジリスク ……………………… 98
- ハルマゲドン ………………… 129
- 白虎 …………………………… 105
- ベヒモス ……………………… 120
- ベルゼブブ …………………… 118
- マンティコア ………………… 124
- マンドレイク（マンドラゴラ）…126
- ミイラ ………………………… 127
- 黙示録の獣 …………………… 128
- ユニコーン …………………… 131
- ルシフェル ……………………… 62
- レビアタン …………………… 138
- ワイバーン …………………… 139
- ワーム ………………………… 139

> この本に登場する神話の解説です。

★ギリシャ神話
ヨーロッパのギリシャで、古代から伝えられてきたものです。神々や人間の英雄などが登場し、ヨーロッパの芸術に大きな影響をあたえました。古代ローマの神話もギリシャ神話をもとにしており、「ギリシャ・ローマ神話」とされています。

★北欧神話
デンマーク、スウェーデン、ノルウェー、アイスランドなど、北ヨーロッパ（北欧）で伝えられてきた神話。神々や英雄が登場し、世界のはじまりから終わりまでが語られています。

★エジプト神話
アフリカのナイル川流域で栄えた古代エジプトの神話。はっきりとまとまった神話はなく、数十体といわれる神々がいて、各地で信仰され、それぞれの物語をもっていました。

★ヒンドゥー教神話
ヒンドゥー教は、インドの民族的な宗教、また文化のことです。ヒンドゥー教の神話は、ブラフマー、ヴィシュヌ、シヴァが三大神で、ほかにもたくさんの神々が登場します。

★メソポタミア神話
メソポタミアは、現在のイラクを中心としたチグリス川、ユーフラテス川の流域地方のことです。その地方で生まれた神話は、すむ民族が移り変わると、少しずつ変化してきました。

★日本神話
日本に伝わる神話で、『古事記』『日本書紀』の内容を中心として、各地の伝承などもふくんでいます。天地のはじまりから、神々の登場、物事の由来などが伝えられています。

★アメリカ大陸の神話
中央アメリカのマヤ文明とアステカ文明の神話を取り上げています。マヤ文明は、メキシコ南部などで栄え、アステカ文明は、マヤ文明などを受けつぎメキシコ高原で栄えました。

★ケルト神話
古代ヨーロッパで栄えたケルト人の神話です。ヨーロッパの大陸にいたケルト人は神話を書き残しておらず、アイルランドやウェールズ（イギリス）に伝わった神話が残りました。

※この本では、上の神話に入らないものは、伝説、伝承のものとしています。

		参考文献	
執筆	三品隆司	『新潮日本古典集成 古事記』西宮一民=校注（新潮社）	
		『全現代語訳 日本書紀 上・下』宇治谷孟=翻訳（講談社学術文庫）	
		『日本の神話 国生み・神生みの物語』小島瓔禮=著（筑摩書房）	
イラスト	七式工房	『神話でたどる日本の神々』平藤喜久子=著（ちくまプリマー新書）	
		『ギリシアローマ神話事典』マイケル・グラント、ジョン・ヘイゼル=著（大修館書店）	
本文デザイン	柳平和士	『ギリシア・ローマ神話 付インド・北欧神話』ブルフィンチ=作（岩波文庫）	
		『図説 ギリシア神話 【神々の世界】篇』松島道也=著（河出書房新社）	
		『古代エジプトの神々』松本弥=著（弥呂久）	
DTPレイアウト	ニシ工芸（田中久雄）	『古代エジプト神々大百科』リチャード・H・ウィルキンソン=著（東洋書林）	
		『エジプトの神々』池上正太=著／添田一平=画（新紀元社）	
		『北欧・ゲルマン神話シンボル事典』ロベール=ジャック・ティボー=著（大修館書店）	
校閲	出浦美佐子	『北欧とゲルマンの神話事典 伝承・民話・魔術』クロード・ルクトゥ=著（原書房）	
		『北欧神話の世界』アクセル・オルリック=著（青土社）	
		『いちばんわかりやすい 北欧神話』杉原梨江子=著（実業之日本社）	
編集	小学館クリエイティブ（三村浩士）	『中国の神話』白川静=著（中公新書）	
		『ヒンドゥー教の事典』橋本泰元、宮本久義、山下博司=著（東京堂出版）	
		『インドの神々』リチャード・ウォーターストーン=著（創元社）	
		『メソポタミアの神話』矢島文夫=著（ちくま学芸文庫）	
		『ギルガメッシュ叙事詩』矢島文夫=著（ちくま学芸文庫）	
		『オリエントの神々』池上正太=著／シブヤユウジ=画（新紀元社）	
		『世界神話辞典』アーサー・コッテルー著（柏書房）	
		『ラルース世界の神々』フェルナン・コント=著（原書房）	
		『ヴィジュアル版 世界幻想動物百科』トニー・アラン=著（原書房）	
		『図説 世界の神話伝説怪物百科』テリー・ブレヴァートン=著（原書房）	
		『図説 異形の生態 幻想動物組成百科』ジャン=バティスト・ド・パナフィユ=著（原書房）	
		『世界の神話百科 ギリシア・ローマ・ケルト・北欧』アーサー・コットレル=著（原書房）	
		『世界の神話百科 アメリカ編』D.M.ジョーンズ、B.L.モリノー=著（原書房）	
		『世界の神話大図鑑』フィリップ・ウィルキンソン、ほか=著（三省堂）	
		『世界の神々の事典』松村一男=監修（学研）	
		『世界神話事典』大林太良、伊藤清司、吉田敦彦、松村一男=編（角川選書）	
		『カラー版 神のかたち図鑑』松村一男、平藤喜久子=編著（白水社）	
		『星空の大研究-1 星座の神話を探る』藤井旭、三品隆司=著（岩崎書店）	
		『アルケミスト双書 幻獣とモンスター 神話と幻想世界の動物たち』タム・オマリー=著（創元社）	
		『アルケミスト双書 ドラゴン 神話の森の小さな歴史の物語』ジョイス・ハーグリーヴス=著（創元社）	
		『日本大百科全書』（小学館）	

神話・伝説のキャラクターじてん

編　者　成美堂出版編集部

発行者　深見公子

発行所　成美堂出版
　　　　〒162-8445　東京都新宿区新小川町1-7
　　　　電話(03)5206-8151　FAX(03)5206-8159

印　刷　共同印刷株式会社

©SEIBIDO SHUPPAN 2025 PRINTED IN JAPAN
ISBN978-4-415-33520-9

落丁・乱丁などの不良本はお取り替えします
定価はカバーに表示してあります

- 本書および本書の付属物を無断で複写、複製(コピー)、引用することは著作権法上での例外を除き禁じられています。また代行業者等の第三者に依頼してスキャンやデジタル化することは、たとえ個人や家庭内の利用であっても一切認められておりません。